안녕, 구르미

안녕, 구르미

남궁용훈 글 · 노은주 그림

"가슴속 어린 날의 순수한 질문을 만나는 시간"

"안녕, 구르미야."

1

"마지막으로 하늘을 보았던 적이 언제였을까요?"

"사랑하는 사람과 별을 보며 밤을 지새운 기억은 있으신가요?"

"은주야, 독서실 안 가니?"

기다리고 기다렸던 엄마의 말, 그 한마디에 나는 재빨리 가방을 메고 자유를 얻은 새처럼 '후다닥' 방을 뛰쳐나갔다.

다음에 기다리고 있는 건,

겨울여왕이 얼려 버린 차갑고 무거운 현관문.

"응차!"

힘겹게 문을 밀었다. 문틈 사이로 오월의 햇살이 조금씩 스며들었다. 문이 완전히 열리자 햇살이 기다렸다는 듯 나를 격하게 감싸안았다. 반가운 따듯함에 살짝 입꼬리가 올라가며 미소가 지어진다.

나는 힘차게 숨을 들이켰다.

"흠~!"

햇살에 데워진 바람이 코끝을 간지럼 피며 '사라락' 폐까지 들어왔다. 차가웠던 손끝 발끝도 황금 햇살에 따듯해진다.

나는 이제 황금빛 햇살 옷을 입은 동화의 주인공이 되었다.

이제 모험을 떠나기만 하면 된다.

'하트의 여왕'에게서 도망치는 '이상한 나라의 앨리스'처럼 나는 뛰기 시작했다. 동화 속 세계로 달려가기 시작했다. 엄마 몰래 살짝 미소를 머금은 채.

'사실, 나는 엄마가 바라는 그런 좋은 딸이 아니었다.'

엄마가 좋아하는 딸은 공부 잘하고 성실한 아이였지만 나는 무척이나 공부를 싫어했던 아이였다. 정말 하고 싶은 건 온종일 하늘을 보고, 구름을 보는 것이었다.

독서실에 도착하면 가방을 '툭' 책상 위에 던져두고 계단 입구로 나갔다. 살짝만 고개를 들어도 하늘이 보이는 나만의 자리에 앉아 파랗디파란 하늘, 하얗디하얀 구름을 보며 말을 걸었다.

'하얀 구름아? 너희들은 어디서 오고 어디로 가는 거니?'

온종일 구름과 이야기하고 구름의 자유로움을 부러워했다.

해가 피곤해 숨어들고, 달이 얼굴을 내밀면 이때는 하나둘 떠오르는 별에게 차례차례 말을 걸었다.

나는 그런 아이였다.

'엉뚱하고, 멍때리기 좋아하는 아이.'

이런 아이가 집에서는 공부 잘하는 엄마의 사랑스러운 딸로 있으려니 얼마나 답답했을까? 지금 생각만 해도 가슴이 답답해지고, 힘이 빠진다.

휴~,

'은주야, 독서실 안 가니?' 하는 엄마의 말은 나에게는 구원의 손길이었다.

별들과 수다를 떠느라고 늦게 집에 들어가면 엄마는 미소 지으며 반겨 주었다. 저녁 밥상은 아빠, 오빠보다 더 진수성찬이었다. 엄마에게 살짝 미안했지만, 이때는 이것이 나의 유일한 이탈이며 행복이었다. 이 이야기를 지금 엄마에게 이야기하면, 엄마는 그저 미소만 짓는다.

나는 엄마를 살짝 안으며 말한다.

'엄마, 사랑해요……'

쌍문동 대성 독서실로 가는 길에 들리는 담쟁이 골목길은 나에게는 또 다른 동화 속 세계였다. 골목길은 내가 태어나기 전? 아니, 아빠, 엄마가 태어나기 훨씬 전에 지어진, 오래된 주택들이 둘러싸고 있었다. 골목길 담장을 전부 담쟁이넝쿨이 감싸고 있어서 내가 담쟁이 골목이라고 이름을 지어주었다. 넝쿨이 얼마나 우거졌는지 넝쿨을 들춰봐야 담장이, 빨간 벽돌인 것을 알 수 있었다.

앨리스가 토끼 굴로 들어가 모험을 시작하듯 나는 담쟁이 골목길을 통해 또 다른 이상한 나라로 가 친구와 만났다. 도도함을 뽐내는 장미 친구와 수줍어하는 민들레 친구.

장미는 골목길 중앙에 있는 작은 화단에 빽빽이 심겨 있었지만, 민들레는 화단 구석, 돌멩이 사이에 난 갈맷빛 풀들과 함께 어우러져 그 사이에서 수줍게 노란 얼굴을 보여 주고 있었다. 한참을 주의 깊게 봐야 민들레를 찾을 수 있었다.

나는 친구가 되고 싶어 쪼그려 앉아 말을 걸었다.

"장미야, 너는 답답하지 않니?, 누군가에게 심어져 이 자리에 있어야 하니 얼마나 답답해."

장미야, 너는 답답하지 않니?
누군가에게 심어져 이 자리에 있어야 하니
얼마나 답답해.

가느다란 내 눈썹의 끝부분이 내려갔다.

이번에는 민들레를 바라보며,

"민들레야 넌 참 좋겠다, 네가 맘에 드는 곳으로 이리저리 날아갈 수 있으니, 난 엄마, 아빠 말에 독서실이나 오가는 신세야, 난, 언제 자유롭게 날아다녀 볼까? 힝~."

친구가 없는 나에게 장미와 민들레가 친구가 되어 주었다. 어떤 날은 오전 내내 장미와 민들레와 장난치며 노는 날도 있었다.

봄이 지나 가을이 되었을까?

엄마 심부름으로 콩나물을 사서 올 때였다. 콩나물이 든 검정 비닐봉지를 들고 담쟁이 골목으로 친구들을 만나러 갔다. 봄과 달리 우아한 싱그러움이 사라진 장미와 홀씨가 된 민들레가 반갑게 맞아 주었다.

"안녕, 장미야, 안녕, 민들레야, 나 왔어." 하고 인사를 했다.

'훅' 하고 바람이 불었다.

민들레 머리가 살랑거리자, 홀씨들이 '포로록'

난, 언제 자유롭게 날아다녀 볼까? 힝~.

하늘로 흩뿌려지기 시작했다. 날아오른 홀씨들은 하늘로, 하늘로 올라갔다.

"가지 마!"

나는 팔을 뻗고 홀씨들을 쫓아 뛰었다. 깡충깡충 뛰어도 보았지만, 홀씨들은 닿을 듯 말 듯 내 손가락 끝을 스쳐 날아올랐다. 홀씨를 보며 따라 뛰었다. 인사도 못 했는데, 그냥 보내기에 너무 안타까워 정신없이 뛰었다.

"털썩!"

무슨 일이지?

난 낙엽 속에 엎어져 있었다. 정확히 말해서 발목 높이의 갈색 플라타너스 낙엽 더미에 엎어져 파묻혀 있었다. 가뭇한 낙엽 냄새가 고소한 흙냄새와 섞여 훅하고 들어왔다.

"아~!"

신음과 함께 몸을 일으켜 앉았다. 가느다란 통증에 오른 무릎과 왼 팔꿈치를 보니 살짝 피가 묻어 있었다. 낙엽을 털고 빨간 피를 살짝 훔쳤다. 아픔에 눈이 찡그려졌다.

고개를 들자, 음산하지만 낯선 설렘을 뿜어내는 돌로 지어진 이층 고택이 눈에 들어왔다. 커다란 나무 현관문 하나는 이미 떨어져 나갔고 바로 옆 창문은 깨져 있었다. 그 빈 곳을 거미줄이 메우고 있었다. 뒤를 돌아보니 초록의 담쟁이 넝쿨이 내 뒤를 빙 둘러막고 있었다.

정원은 갈색 플라타너스 낙엽 호수, 이를 둘러싼 초록의 담쟁이 넝쿨, 중앙에는 으스스한 중세풍의 이층 건물, 난 다른 세계에 와 있었다.

'와우~!'

두려움과 섞인 약간의 긴장과 떨림, 가슴이 콩닥콩닥 뛰기 시작했다.

어떤 새로운 일이 일어날까?

어떤 친구가 나를 기다리고 있을까?

설렘이 '훅' 하고 올라왔다. 일어나 첫발을 내디뎠다. 밤사이에 내려 누구의 흔적도 없는 눈밭에 첫발을 새기듯, 나는 조심스럽게 낙엽을 밟았다.

'바스락!'

낙엽이 나에게 말을 걸었다. 아닐까? 아프다고

불평하는 것일까? 부서지는 낙엽을 보면 미안했지만,

'바스락, 바스락!'

난 바지런히 뛰며 비밀의 정원에게 말을 걸었다. 어서 빨리 나를 찾아오라고, 정원에 낙엽과 발로 조각한 내 소리를 흩뿌렸다.

'미녀와 야수'처럼 마법에 걸린 용맹한 저택 주인이 나오길 바랐다. 야수의 무뚝뚝한 면은 맘에 들진 않지만, 그가 원하면 나도 '벨'처럼 사랑하겠다고 다짐했다. 야수의 사랑을 받는 진한 키스를 할 상상을 하니 얼굴이 '발그레' 달아올랐다.

뒤돌아보면 중세 의복을 말끔하게 차려입은 야수가 팔짱을 끼고 현관 앞에 서서 사랑스러운 눈빛으로 나를 보고 있을 것만 같았다. 이런 미지의 기대감에 '콩닥콩닥' 심장이 뛰었다.

'얼마나 정신없이 뛰었을까?'

"은주야!"

그제야 나는 뛰기를 멈췄다. 뒤돌아보면 키 크고 멋진 야수가 아빠 미소를 짓고 있을 거라는 기대에 천천히 돌아보았다.

넝쿨 담장 앞에는…….

키 크고 멋있는 야수 대신 걱정스러운 얼굴을 한 아빠와 엄마가 서 있었다. 아빠가 굳은 표정으로 말했다.

"은주야, 여기서, 뭐 하니? 엄마가 너 안 온다고 얼마나 걱정했는데."

아빠의 목소리가 바르르 떨렸다.

난 아빠와 엄마에게 이끌려 동화 속 세계에서 현실로 돌아왔다.

집에 돌아온 뒤, 아빠는 저택에 얽힌 이야기를 들려주었다.

그 저택은 일제 강점기 도지사 관사였고, 해방 이후 줄곧 비어 있었다고 했다. 내가 들어갔던 곳은 원래 일꾼들이 드나들던 출입문이었지만, 오랜 세월 나무 문이 부서지고 담쟁이 넝쿨이 빼곡히 덮어, 마치 숨겨진 비밀 문처럼 변해 있었다고 했다.

"위험해서 동네 사람들도 아이들에게는 비밀로

했단다. 그런데 네가 우연히 그 문으로 들어간 거야."

아빠는 덧붙였다.

"그 땅엔 몇 년 안에 주민센터가 들어설 거야. 저택은 철거될 예정이란다."

나는 아쉬움과 묘한 서운함에 마음이 저릿해졌다.

잠깐이었지만 다른 세계로 다녀온 듯한 여행, 그곳에서 느꼈던 두려움과 긴장감, 가슴 뛰던 설렘과 미지의 만남에 대한 기대감이 내 마음 깊은 곳에 아주 선명하게 새겨졌다.

그때의 기억 때문일까?

나는 지금도 가끔, 출근길에 일부러 정해진 길을 벗어나 낯선 길로 들어선다. 발걸음을 돌려 모르는 골목으로 들어가는 순간, 나는 또 다른 여행을 시작한다.

낯선 거리,

낯선 사람,

낯선 소리,

낯선 냄새.

일상의 테두리 밖으로 살짝 벗어나는 그 순간, 가슴은 다시 두근거린다. 비밀이지만, 나는 길치라 설렘이 남들보다 배가된다.

초등학생을 지나 백운중학교 중학생이 되어 단발머리에 하얀 블라우스, 갈색 교복을 입고 학교에 가던 날들도 나는 일부러 멀리 돌아가더라도 담쟁이 골목길을 지나 학교로 갔다. 그 길을 지날 때면, 언제나 어린 시절 내 안에 숨 쉬던 동화 속 세계가 살짝 미소 지으며 인사를 건네는 듯했으니까.

흰색 블라우스에 남색 조끼, 회색 치마로 차려입은 정의여고 교복 차림으로, 대학 진학을 위해 책상 앞에 앉아 있던 어느 날이었다. 창밖으로 보인 것은, 포크레인이 일으킨 먼지 속에서 신비의 저택이 서서히 무너지는 풍경이었다.

그 모습을 보며 깨달았다. 내 유년의 세계 절반이 사라지고 있다는 걸. 그마저 남아있던 또 다른 절반조차, 내가 가장의 역할을 맡게 되면서 조용히 사라지고 말았다.

 한국이 무너졌던 그날.

 IMF 경제 위기 속에 아버지는 쓰러졌고, 평생 가정주부로 살아왔던 엄마는 세상 앞에 홀로 서야 했지만 어찌할 바를 몰랐다. 오빠는 도피처로 군대를 선택했고, 한때 꿈 많던 소녀였던 나는, 자의 반 타의 반으로 가장이 되어야 했다.

 상상의 세계에 살던 소녀는 어느덧 현실의 내가 되었다. 아니 되어야 했다. 현실이라는 단단한 벽 앞에 서야 했다. 그렇게는 되고 싶지 않았지만, 그렇게 돼야 했다.

 유년기의 추억들과 상상의 세계는, 그 누구도 다시 찾을 수 없도록 깊은 심연 속으로 가라앉혔다. 마지막 숨을 가쁘게 몰아쉬며 가라앉는 유년의 추억과 상상을 보며 나는 마음속으로 다짐했다.

 '나는 이제 어른이 되었다.'

상상의 세계에 살던 소녀는
어느덧 현실의 내가 되었다.

2

"구르미…졸려…자고 싶어~."

열린 텐트 입구 앞에 한 아이가 졸린 눈을 비비며 서 있었다.

순간, 멍해졌다. 뭘 해야 하지? 그저 아이만 바라봤다. 달이 없는 희미한 밤, 어스름한 별빛에 비친 작은 아이는 일곱 살 정도로 보였다. 멜빵청바지에 파란색 운동화를 신고 있었다.

"너무 졸려~."

조막손으로 두 눈을 비비던 아이는 작은 입을 벌려 크게 하품했다. 두 눈은 이미 감겨 있었고 몸은 앞뒤로 흔들렸다. 조금만 더 지체하면 그 자리에서 털썩 쓰러져 잠들 것만 같았다.

"이리 와."

나는 조용히 내 옆자리를 가리켰다.

아이는 비틀비틀 들어와 꼬꾸라지듯 '툭', 옆에 누웠다. 작은 두 손을 포개어 베개로 삼고, 몸을 동그랗게 말아 웅크린 채 스르르 잠이 들었다. 별빛에 의지해 새근새근 잠든 아이 얼굴을 가만히 바라보았다. 분명 아이였다. 일곱 살 아이, 아이가 왜 혼자 이곳에 왔을까?

나는 생각에 잠겼다.

가족과 직장에 실망한 나는 사표를 던지고 무작정 떠났다. 도피였다. 사람과 연결되는 관계 모든 것이 싫었다. 인간관계에 따르는 무거운 짐을 벗어 버리고 싶었다. 그저, 사람을 피하고, 만나고 싶지 않았다.

오롯이 혼자, 혼자만 있고 싶었다.

피하듯, 떠난 곳이 바람꽃섬이었다. 목포항에

서 남쪽으로 배를 타고 세 시간이나 들어가야 하는 곳, 가구 수가 10가구밖에 안 되는 섬, 무척 매력적이었다. 텐트를 챙기고 배낭을 메고 무작정 떠났다.

일주일에 한 번 있는 여객선을 타고 바람꽃섬으로 향했다. 세 시간의 배멀미, 도착을 알리는 반가운 뱃고동 소리에 배낭을 메고 뱃머리에 섰다. 수평선 넘어 제일 먼저 보인 것은 정상에 구름을 약간 머금고 있는 구름봉이었다. 자전거로 40분이면 한 바퀴 돌 수 있는 작은 바람꽃섬 가운데에 우뚝 솟아 있는 작은 봉오리, 산이라 부르기에 민망한 구름봉이 어서 오라고 반겨 주고 있었다.

돈은 안 받을 테니 하룻밤 자고 가라는 이장님 권유에도 사람이 싫어 바로 구름봉에 올랐다. 배멀미에 체력이 떨어져 다리가 후들거렸지만 이를 악물고 올랐다. 그만큼 사람이 싫었다. 산 중턱, 마을이 내려다보이는 곳에 텐트를 치고 혼자만의 삶을 시작했다. 이틀에 한 번 물과 생필품을 구하러 이장님 댁에 갈 때만 사람을 만날 수 있었다.

  오롯이 나만의 공간, 나만의 세계였다.

  온종일 텐트 앞 해송 밑 그늘에 앉아 소금기 섞인 바람을 맞으며 파도와 바람에 일렁이는 갈대풀밭을 보았다. 심심하면 봉오리 꼭대기에 섬이 생길 때부터 함께했다는 천년송을 보고 왔다.

  이런 곳에 어떻게 아이 혼자 있을까?

  지독한 여름 가뭄에 간간이 오던 관광객 발길도 끊긴 외딴섬, 바람과 파도만 있는 바람꽃섬에, 달도 없어 걷기도 힘든 밤에, 저 아이 혼자 어떻게 여기까지 올 수 있었을까?

  "대체 넌 누구니?"

  다시 아이 얼굴을 들여다보았다.

  아이는 새근새근 잠들어 있었다.

  일단, 나를 찾아온 아이, 구르미를 재우는 것이 우선이었다. 나는 파란색 운동화를 벗기고 구르미를 바로 눕혔다. 내 베개를 베어 주고 하나밖에 없는 이불을 나눠 덮었다.

눈을 감았지만, 심란해 잠을 이룰 수 없었다.

"안아줘."

바람과 파도 소리에 나지막하게 섞인 아이 목소리가 들렸다. 나는 구르미를 봤다.

"안아 줘."

구르미는 등을 내 쪽으로 향하게 모로 눕고는 내 품을 파고들었다. 자기 쪽에 있던 팔은 목 아래로 반대쪽 팔은 작은 어깨 위로 끌어당겨 감쌌다.

"따듯해서 좋아~."

구르미는 속삭이듯 말한 뒤, 새근새근 고른 숨을 내쉬며 금세 잠이 들었다.

나는 구르미를 안게 되었다. 누구를 안아본 적이 언제였던가? 기억이 없었다. 나는 구르미를 안았다.

작고 부드러운 따듯함이 가슴 깊숙이 스며들었다. 코를 타고 들어오는 아이의 고소한 살냄새가 묘하게 나를 편안하게 만들었다. 어느 순간 나도 잠이 들었다.

안아 줘.
따듯해서 좋아~.

어른이 된 이후 가장 깊고 편한 잠이었다. 포근함이었다. 불면증에 매일 잠을 설쳤던 내가 나도 모르게 고요한 잠 속으로 빠져들었다.

햇살에 눈을 떴다.

늦잠까지 잤다. 얼마 만에 꿀잠인가? 개운함이 몰려왔다. 잠 깬 것이 아쉬울 정도였다.

'잘 잤다…. 아깝다, 더 자고 싶었는데.'

나는 기지개를 켜며 속으로 중얼거렸다.

나는 옆자리를 '툭툭' 손으로 더듬었다. 아무것도 없었다. 화들짝 놀라 일어났다. 빈자리만 덩그러니 있었다.

'그럼, 그렇지. 어떻게 아이가 이곳에 돌아다녀. 그것도 혼자. 다 꿈이었구나.'

나도 모르게 쓸쓸한 미소를 지었다.

그때,

"이제 네 이름은 링크야."

텐트 밖에서 아이 목소리가 들렸다.

"지금까지 네 이야기를 해 주었으니깐, 이제 내 이야기를 해줄 게, 나는 저기 높은 곳에서 왔어."

나는 조심스레 텐트 지퍼를 내렸다. 소리 나는 쪽으로 고개를 내밀어 바라봤다.

텐트 모서리에 핀 민들레 앞에 어젯밤 모습 그대로 멜빵 청바지에 파란색 운동화를 신은 구르미가 쪼그려 앉아 민들레와 이야기하고 있었다.

나는 고개를 좌우로 흔들었다.

'어젯밤 별빛 아래서 본 아이가 맞는 걸까…….'

망설이다 나는 텐트 밖으로 조심스레 걸어 나갔다. 구르미가 고개를 들어 나를 바라보았다. 나는 자연스레 그 아이를 내려다보았다. 한동안 말없이 마주 봤다. 고요한 시간이 흘렀다. 그 고요를 깨듯 나는 용기 내어 물었다.

"네가 구르미지? 구르미 맞지? 이름이 구르미야?"

"난 구르미야, 아줌마 이름이 뭐야?"

헉! 순간, 과호흡이 오며 숨이 멈췄다. 숨을 들이쉬었다가 제대로 내쉴 수 없었다. 아직 아줌마 소리 들을 나이는 아닌데.

"너너너, 뭐라고 했어!"

너무 흥분한 나머지 손끝과 발끝까지 파르르 떨렸고, 입에서는 쉽게 말이 나오지 않았다.

"아줌마가 뭐니! 언니, 아니 누나라고 불러, 너 남자니 여자니?"

"남자, 여자가 뭐야?"

구르미가 크고 둥근 눈을 동그랗게 뜨며 호기심 가득한 눈빛으로 나를 바라보았다. 커다랗고 동그란 눈이 더 동그랗게 보였다.

"남자, 여자 몰라? 그래 언니, 누나라고 부르기에는 내가 조금 나이가 있지, 나이 차이가 있으니깐, 고모? 이모? 그래 이모라고 불러라 은주 이모 알았어! 은주 이모!"

무심하게 알았다고 고개를 끄덕인 구르미는 몸을 돌려 다시 민들레 앞에 쪼그려 앉았다. 아줌마라는 말에 아직 섭섭함이 사라지지 않은 나는 괜히 말을 걸었다.

"꽃에 이름을 지어 주면 뭐가 달라지니?"

"특별한 존재가 되지."

구르미는 민들레에서 눈을 떼지 않고 대답했

다. 나는 괜히 말꼬리를 올리며 비아냥거리듯 말했다.

"뭐가 특별한데? 내가 보기에는 그냥 꽃인데."

그러자 구르미는 조용하고 단단한 목소리로 말했다.

"이름을 지어 주면 다른 사람에게는 몰라도 그 순간 나에게는 특별한 존재가 되는 거야."

나는 본능적으로 오른쪽 입꼬리를 슬쩍 올렸다. 괜히 심사가 뒤틀려서, 좀 더 따지고 싶은 마음이 들었다.

"뭐 존재? 꽃이면 꽃이지, 이런 잡초 같은 민들레에 이름을 준다고 뭐가 바뀌겠어?"

말을 내뱉으며, 나는 괜히 발끝을 민들레 앞으로 슬며시 내밀었다. 마치 위협하듯이.

"안돼!"

구르미가 벌떡 일어나 작은 두 손으로 나를 밀쳤다. 굵은 눈썹 뒷부분이 치켜 올라가 있었다. 구르미는 눈을 동그랗게 치켜뜨고 양손을 꽉 쥔 채 나를 향해 소리쳤다.

"링크도 이름을 가져서 다른 누구도 아닌 내가, 아껴 주고 사랑할 수 있는 유일한 존재가 된 거야! 아줌마! 아줌마는 누군가를 사랑이나 해 봤어!"

구르미의 가슴이 크고 빠르게 오르내리고 있었다. 분노와 서운함이 가득했다.

"너너너, 아줌마? 이모로 부르라고 했잖아!"

"아냐! 싫어!"

구르미는 눈물을 그렁그렁 머금은 채 더 크게 외쳤다.

"아줌마는 사랑하지 못하기 때문에 이름을 불러 주지 않을 거야! 영영 사랑받지 못하라고! 아줌마! 아줌마! 이모가 아니라 아줌마!"

구르미 눈에 눈물이 그렁그렁 차기 시작했다. 조금만 더 하면 빵 터질 것 같았다.

갑자기 헛웃음이 나왔다.

'내가 지금……. 처음 본 어린애하고 뭐 하는 거지!'

한심하고 말싸움하기도 싫었다.

"그래 그만두자."

나는 돌아서서 텐트에 들어가 조용히 침낭을 접기 시작했다.

그때 구르미가 나직이 말했다.

"링크는 나에게 소중한 존재였단 말이야."

그러고는 작은 발걸음으로 어디론가 걸어갔다.

이게 구르미와의 첫 만남이었다.

'애가 어른 같고 어른이 아이 같았다······.'

그렇게, 우리의 짧은 동거는 시작되었다.

애가 어른 같고 어른이 아이 같았다······.

"구르미는…… 대체 어디서, 어떻게 온 걸까?"

구르미가 떠나고 현실로 돌아와, 바쁜 직장 생활을 하면서도 이 질문만은 놓지 않았다.

"대체, 구르미는 어디서, 어떻게 온 걸까?"

구르미는 나에게 두 가지 힌트를 주었다.

'날지 못하는 구름, 걸어서 왔어요.'

바람꽃섬에서의 나는 어른이었다. 나는 구르미가 건네는 말을 허투루 들었고 구르미에 더 많은 것을 묻지 못했다. 지금의 나였다면?

이제는 들어 줄 수 있는데, 이제는 싸우지 않고

밤새도록 들어 줄 수 있는데…….

'휴~!'

그저 아쉬울 따름이다.

이때는 배알이 비비 꼬여, 비꼬아 흘려듣고 그저 콧방귀만 뀌었다.

'어른이 되면 많은 것을 잃는 것 같다.'

확실한 것은 구르미는 '구름'이라는 것이다.

구름,

날지 못하는 구름,

친구들은 하늘을 날지만, 날지 못해 속상해하는 구름,

그래서, 링크라는 민들레 친구의 홀씨를 잡고 가끔 하늘을 나는 구름.

첫날, 구르미에게 물었다.

"배를 타고 왔니?"

"배가 뭐예요?"

동그랗게, 호기심 가득 나를 바라보는 눈, 나는 구르미 손을 끌어 구름봉 정상 벼랑 끝에 함께 섰다. 작은 너울에 금빛 햇살이 부서지는 푸른 바다가 보였다. 몇몇 손톱만한 고깃배들이 섬 주위를 돌며 부지런히 고기를 잡고 있었다.

나는 푸른 바다를 가리키며 말했다.

"여기, 물로 가득 찬 곳이 바로 바다야!"

다음엔 작은 고깃배들을 가리키며 설명했다.

"사람들은 배라는 걸 만들어서 이렇게 바다 위를 떠다니며 고기를 잡는단다!"

그리고 마지막으로, 내 가슴을 손으로 가리키며 말했다.

"이, 이모! 그러니깐 '은주 이모'가 바다 한가운데 있는 바람꽃섬까지 올 수 있었던 것도 바로 배를 타고 왔기 때문이야."

내 말을 다 듣고 난 뒤, 구르미는 크고 맑은 눈을 동그랗게 뜨더니 고개를 절레절레 저었다.

"음…그럼, 구르미는 배 못 타요. 구르미는 구름이라 물에 닿으면 안 돼요. 이렇게 꼭꼭 조심해야 해요."

그러면서 구르미는 물이든 내 파란색 물통을

번쩍 들어 흔들어 보였다. '찰랑찰랑' 물소리가 들렸다. 그 물통은 여고생 시절, 단짝 친구들과 처음으로 인사동에 놀러 갔을 때 너무 맘에 들어 한 달 용돈 거금 만 원을 주고 산 거였다. 지금까지 한 번도 쓰지 않고 고이 모셔둔 물통이었는데, 구르미가 파란색이 마치 하늘빛처럼 예쁘고 걸을 때 찰랑거리는 소리가 듣기 좋다고 어느새 자기 것처럼 메고 다니고 있었다. 나중에는 내 헤드셋까지 예쁘다고 빼앗아 갔다.

나는 웃으며 다시 물었다.

"그럼… 여기까지는 어떻게 온 거야?"

"걸어서요. 그냥 걸어서 왔어요."

짤막하게 말한 뒤, 구르미는 내 물통을 고쳐 매고 새로운 친구들을 찾아 숲속으로 사라졌다.

나는 그 말이 도무지 이해되지 않았다.

'어떻게 섬까지 걸어왔을까?'

구르미가 떠나고 뭍으로 돌아와서는 이 비밀을 풀고 싶어 도서관을 찾았다. 한국 신화와 동양 신화, 세계 신화를 읽고 또 읽었다. 그러던 중 공통된 한 가지 이야기를 발견하였다.

 아주 오래전, 세상이 처음 만들어졌을 때는 하늘과 땅이 맞닿아 있어 자유롭게 오갈 수 있었다고 한다. 그러나 어느 순간 하늘과 땅은 갈라지고 말았다. 그때 높디높은 커다란 나무, 세계수라 불리는 나무가 다리 역할을 했지만 이 다리도 얼마 지나지 않아 끊기고 말았다.

 '혹시… 구르미는, 이 다리를 건너 온 걸까?'

 이 생각이 떠오른 순간 난 망설임 없이 배낭을 메고 무작정 미국으로 떠났다. 세계에서 가장 큰 '하이페리온'이라는 나무가 있는 레드우드 국립공원으로.

 설명대로 '하이페리온'이라는 나무는 하늘 높이 우뚝 솟아 있었다. 웅장함, 경이로움, 단지 그것뿐이었다. 구르미의 흔적은 어디에도 없었다. 구르미를 다시 만날 수 있다는 희망이 사라졌다. 실망한 나는 숙소로 발길을 돌렸다.

 떠나기 전날 새벽, 혹시나 하는 마음에 다시

나무를 찾았다. 나무 꼭대기는 구름에 휩싸여 있었다. 구름이 나무를 씻기듯 스쳐 지나가고 있었다.

'구름이 스쳐 지나가고 있어…….'

혼잣말이 나왔다.

"그래, 구름이었어!"

그 순간, 가슴이 두근두근 뛰었다.

나는 초조한 마음으로 한국행 비행기에 올랐다. 14시간의 비행을 마치고 곧장 지리산으로 향했다. 잠을 설쳐 몸은 지쳐 있었지만, 심장이 두근거려 가만히 있을 수 없었다. 구르미를 다시 만날 수 있다는 희망에 무거운 몸을 이끌고 천왕봉에 올랐다. 정상에 도착했을 땐 이미 해가 지고 있었다.

어쩔 수 없이 비박을 해야 했다. 산 중턱으로 다시 내려가 나무 밑에 쪼그려 앉아 옷매무새를 여미며 눈을 감았다.

'구르미를 만날 수 있을까……? 만나면 무슨 말을 해줄까……? 미안하다고 할까……?'

심장은 기대감에 터질 것만 같았다. 초봄 새벽, 눈을 떴을 때, 어깨에 하얀 서리가 내려 있었다. 몸이 풀리기도 전에 바로 산을 오르기 시작했다. 몸은 금방 따듯해졌고, 입에서 입김이 연기처럼 흘러나왔다. 구르미를 만날 수 있다는 기대에 발걸음이 가벼웠다.

드디어 천왕봉에 올랐다.

구르미는?

이리저리 둘러봐도 보이지 않았다.

그저, 푸른 산들만이 멀리 펼쳐져 있었다.

'구르미, 구르미야 너는 어디 있는 거야?'

"구르미야!"

하고 불러 보았지만, 대답이 없었다. 그저 내 마음처럼 허공을 헤매고 있는 바람 소리만이 들렸다.

맥이 딱 풀리면서 그동안의 피로가 몰려왔다. 무릎이 접히며 나는 천왕봉의 표지석에 몸을 기대었다. 슬픔이 복받쳐 올라왔다. 눈가에 눈물이 고였다. 울지 않으려 했는데……, 보고 싶어도 울지 않으려 했는데……, 너무 보고 싶어 눈물이 나오려고 했다. 이제는 참지 않을 거야. 난 두 손으로 얼굴을 감쌌다.

그때였다. 바람이 나의 볼과 귀밑을 스치고 지나가더니, 하얀 구름이 순식간에 몰려와 나를 감쌌다. 하얀 구름이 나를 안았다. 구르미는 잘 때만은 꼭 나의 품에 안겨 잤는데,

그때의 고소한 냄새가 났다.

그때의 포근함이 느껴졌다.

그때의 가슴 따뜻함이 올라왔다.

익숙한 몸의 기억이 되살아났다.

구르미가 찾아와 나에게 안긴 것만 같았다.

나는 본능처럼 두 팔을 벌려 꼭 안았다.

'아~ 구르미야…….'

나도 모르게 구르미를 불렀다.

그때, 어디선가 구르미의 목소리가 들리는 듯했다.

"히히, 안아 줘 이모."

구르미가 나를 올려 보며 말하는 것 같았다.

"흠~!"

나는 코로 숨을 힘껏 들이마시며 구르미 냄새를 맡았다. 잊힌 몸의 기억을 깨우기 위해. 구르미를 영원히 기억하기 위해.

"따듯하다……, 그동안, 잘 있었어요? 히히."

구르미가 나의 가슴에 얼굴을 파묻고 장난치는 것 같았다.

왈칵 눈물이 쏟아졌다.

나는 알았다.

구르미는 하얀 구름과 함께 온다는 걸, 구르미를 처음 만난 날도 구름봉에 구름이 짙게 걸려 있었다.

만약, 안개 낀 산길을 오르다가 하얀 구름 덩어리가 지나간다면?

구름 속을 걷고 있을 때 갑자기 포근한 느낌이 든다면?

누가 있을까?

구르미가 찾아왔다는 증거다.

이때 '구르미야!' 하고 소리쳐 부른다면, 구르

미가 "안녕, 난 구르미야." 하고 뛰어와 포근하게 안아 줄 것이다. 이때, 그냥 안아 주고 한마디만 하면 된다.

  작고 조용하게,

  '안녕, 구르미야.'

작고 조용하게
'안녕, 구르미야.'

4

 '구르미는 왜? 민들레에게 링크라는 이름을 지어 주고 이야기를 나눴을까? 링크는 또 누구였던 걸까?'
 며칠이 지난 뒤, 구르미와 서먹했던 마음이 조금 풀린 후에야 구르미가 이 이야기를 꺼냈다.
 참고로, 우리는 매일 밤 모닥불을 피워놓고 함께 시간을 보냈다. 10년 만에 찾아온 긴 가뭄이 계속되고 있었던 덕분에 구르미가 떠나기 전날까지 하루도 빠짐없이 모닥불을 피우고 '불멍'을 했다.

'그때… 더 많이 물어봤어야 했는데….'

하지만 나는 어른이었다. 구르미의 이야기를 귀담아들어 주지 못했다. 그저 내 생각과 말만 늘어놓고, 비교하고, 질투하고, 판단했다. 함께할 수 있어서 행복할 수 있었던 소중한 시간을 그렇게 흘려보냈다.

낮 동안 한바탕하고 서운함이 풀리지 않으면, 불멍을 할 때도 불은 안 보고 그저 서로에게 등을 돌리며, 하늘의 별만 바라보곤 했다. 멍청하게 먼저 화해의 손을 내밀지 못했다. 이렇게 어색하게 틀어졌던 날도 잘 때만큼은 언제나 함께 껴안고 잤다.

물론, 아침이 오면 아무 일 없었던 것처럼 다시 하루를 시작하곤 했다. 여때까지 조금 다른 이야기를 꺼냈지만, 이제부터 구르미와 링크의 이야기를 하려 한다.

그날도, 구르미는 문 뒤에 꼭꼭 숨어 빼꼼히 하늘을 날고 있는 구름 친구들을 바라보고 있었다.

친구들은 바람에 실려 이리저리 떠돌고 있었다. 바람에 이리저리 밀리다 몸이 서로 부딪치면 '까르르', '하하 호호' 웃어 댔다.

구르미는 날지 못하는 구름이다.

구르미는 부럽고 속상했다.

그들과 다르다는 것,

함께 어울리지 못한다는 것이 싫었다.

속상한 마음에 문을 꼭꼭 걸어 잠그고 두껍게 커튼을 쳤다. 캄캄한 방 안에 있으니, 마음도 어두워졌다. 웃음소리가 커지면 커튼을 살짝 들어 친구들을 봤다.

"까르르, 하하, 호호."

친구들 웃음소리에 '또로록' 눈물이 흘렀다. 눈물을 훔치지만, 오늘따라 눈물이 멈추지 않는다.

"흑흑!"

결국, 구르미는 소리 내어 '엉엉' 울기 시작했다.

그때였다.

"가여운 것 이리 나와 보지 않으련?"

어디선가 낯선 목소리가 들렸다.

"어서 이리 나와, 너를 보여 주렴."

구르미는 울음을 멈추고 소리 나는 곳을 찾았다. 문밖에서 들렸다. 빼꼼히 문을 열어 밖을 내다보았지만 아무도 없었다. 구르미는 문을 닫고 문에 등을 기대었다. 다시 어둠 속으로 숨으려 했다.

그때였다.

"문 뒤에 숨지 말고, 이리 나와 보렴."

또다시 부드러운 목소리가 들렸다.

구르미는 고개를 세차게 흔들며 속으로 속삭였다.

'아니야, 못 해…, 난 친구들과 달라….'

눈물방울이 볼을 타고 흘렀다. 조막손으로 양 볼의 눈물을 닦았다. 눈을 감으니, 고개가 저절로 숙어졌다. 작게 작게 움츠러들었다. 한 움큼의 구름만큼…….

"구르미야, 넌 날지 못 해도, 네가 있는 것만으로도 아름다운 존재란다. 이리 나와 나에게 널 보여 주렴."

구르미야, 넌 날지 못 해도
네가 있는 것만으로도 아름다운 존재란다.

'그냥 있는 것만으로도 아름다운 존재……?'

구르미가 이 말을 되뇌자,

'구르미야! 넌 그 자체만으로도 아름다운 존재야!'

하고 누군가가 구르미 마음 골짜기 곳곳에 외치는 것만 같았다.

마음 골짜기 곳곳에 이 말이 메아리쳤다. 공명하듯 울려 퍼졌다. 밝음의 에너지가 차올랐다.

'난, 친구들과 달리 날지도 못하는 구름인데, 내가 아름다운 존재라고?'

구르미는 용기 내 문을 열었다.

멈칫했지만 성큼 한 발을 내디뎌 문 앞에 섰다.

따스한 금빛 햇살이 구르미를 포근히 감싸 안았다.

"용기 내줘서 고마워."

'두리번.'

구르미는 목소리가 나는 곳을 찾았다. 문설주 밑 주춧돌 사이에 핀 하얀 민들레가 미소 지으며 말했다.

"안녕, 구르미야, 넌 그 자체만으로도 사랑스러운 존재야."

왈칵, 눈물이 쏟아졌다.

그동안 흘리던 눈물과는 달랐다.

함께하지 못해 부러웠던 마음, 나와 다르다는 비교, 나는 못 한다는 상실의 눈물이 아니었다. 처음으로 자신을 사랑하게 된 뭉클한 마음의 눈물이었다.

그때, 민들레가 따듯하게 말했다.

"구르미야, 너는 너다운 너를 사랑하면 돼, 친구들처럼 될 필요는 없어."

그러고는 구르미를 포근히 안아 주었다.

민들레 '링크'와 구르미는 친구가 되었다. 구르미는 매일 문설주에 기대어 앉아 링크와 함께 하늘을 보았다.

둘은 서로의 꿈 이야기를 나눴다.

구르미는 하늘을 나는 꿈을, 링크는 희망이 필요한 친구에게 날아가는 꿈을. 그렇게 그 둘은 서로, 서로의 꿈을 응원했다.

"함께, 하늘을 날까?"

구르미 말에 링크는 살짝 고개를 끄덕였다. 무언의 약속, 마음의 약속을 했다.

매일매일, 하루하루가 지날수록 민들레 꽃잎이 하나둘 떨어졌다. 꽃은 홀씨가 되어 갔지만, 링크는 미소를 잃지 않았다.

어느 날, 민들레가 울며 말했다.

꽃잎은 모두 떨어져 있고 홀씨들은 하얀 솜털 손을, 하늘을 향해 내밀고 있었다. 바람을 기다리고 있었다.

"구르미야, 이제 떠나야 할 때가 온 것 같아. 같이 하늘을 난다는 약속을 못 지켜서 미안해……."

"왜 떠나야 하는데?"

구르미의 굵은 눈썹 뒷부분이 아래로 축 처졌다.

"구르미야, 왜일까?"

링크는 미소 지으며 구르미가 대답하기를 기다렸다.

"모르겠어……."

구르미가 고개를 저으며 말하자, 링크가 살며시 웃으며 말했다.

"또 다른 구르미를 만나 가슴에, 마음에 씨앗을 주기 위해서야"

'훅' 바람이 불었다.

꽃대가 살랑거렸다.

링크의 홀씨들이 '포로록' 연기처럼 하늘로 날아올랐다.

"구르미야······."

링크가 마지막 힘을 내어 말했다.

"구르미야, 희망을 품으면 언젠가 소원이 이루어질 거야. 언제나, 꿈꾸고 그 희망을 소중히 간직하고 있어."

"훅!"

꽃대가 바람에 심하게 흔들렸다. 마지막 링크의 홀씨들까지 하늘로 날아오르기 시작했다.

하얀 솜털처럼, 작은 꽃처럼, 가벼운 연기처럼, 민들레 링크의 홀씨들이 파란 하늘로 피어올랐다.

"가면 안 돼!"

구르미는 홀씨들을 잡아 보려고 소리치며 하늘로 손을 뻗었다.

구르미 손끝을 스치듯 벗어난 홀씨들은 하나둘 '포로록' 파란 하늘로 사라져갔다. 구르미는 울먹이며 외쳤다.

"함께 하늘을 날기로 했잖아!"

홀씨 하나가 살랑살랑 뒤처져 날아가고 있었다. 구르미는 희망을 담아, 간절함을 담아 깨금발을 하며 힘껏 손을 뻗었다. 마지막 홀씨가 포동포동한 구르미 손에 닿았다. 그 순간, 구르미 발이 '둥실' 떠올랐다.

구르미는 링크와 함께 하늘을 날았다.

함께 꾼 꿈,

"함께 하늘을 나는 꿈"이 이뤄졌다.

구르미는 알았다.

'꿈을 꾸고 희망을 품는 것으로도 내 안에 바람을 만들어, 홀씨를 품고 날 수 있다는 것을.'

이때부터 구르미와 링크는 새로운 친구들을 만

나기 위해 함께 여행을 떠났다고 했다.

 민들레 홀씨가 피어오르면 링크와 함께 여행하고, 봄처럼 링크가 희망을 품고 있을 땐 혼자 여행을 떠난다고 했다. 보지는 못했지만, 눈을 감고 구르미가 링크의 홀씨를 타고 하늘을 날아가는 모습을 상상한다. 커다란 녀석이 우산보다 작은 홀씨를 잡고 하늘을 난다니, '풋' 하고 웃음이 터져 나온다.

 지금도 가끔 민들레 홀씨들이 날아오르는 것을 보면 나는 문득 생각한다.

 '혹시… 구르미가 다시 찾아오지 않을까? 이번에는 누구를 찾아갈까?'

함께 하늘을 날기로 했잖아!

이장님이 나눠 주는 물을 받아야 했기에 구르미와 만난 다음 날 우리는 바람꽃섬의 유일한 항구 솔바람 포구로 향했다. 가뭄이 길어져 마을 우물도 마른 지가 오래고 구름봉 중턱에서 흘러내리는 시냇물도 그 흔적만 겨우 남아 있었다. 주변의 나뭇잎과 풀잎들은 까맣게 타 갈색으로 변했고, 바다를 건너지 못한 작은 새들과 다람쥐들은 모래를 긁어 조그마하게 고인 흙탕물에 목을 축이고 있었다.

 사람도, 새도, 나무도, 섬에 살아 있는 모두가

갈증에 허덕이고 있었다.

　모두 메말라 있었다.

　모두 비를 기다리고 있었다.

　우리는 포구 입구 빨간색 벽돌 이층집 한정태 이장님 댁 마당으로 들어섰다. 이장님은 낡은 검은색 조끼를 걸치고 입에는 파이프 담배를 물고 그물을 손질하고 계셨다. 이상하게도, 섬을 떠날 때 배웅나오는 순간까지 이장님의 파이프에서 연기가 나오는 것을 한 번도 본 적이 없었다.

　인사를 마친 우리는 마당의 처마 그늘 밑에 앉아 서로의 이야기를 시작했다. 난 구름봉 생활을, 이장님은 마을 이야기를.

　바람꽃섬은 바람이 세서 담을 쌓을 때 무너지지 않게 바람길을 낸다. 방법은 돌을 얼기설기 쌓는 것이고 섬 주민은 이 담을 '허술담'이라고 불렀다. 이장님과 내가 이야기하는 동안 구르미는 '허술담'을 신기하게 쳐다보고 있었다. 바람길에 얼굴을 들이밀어 보기도 하고 조막손을 넣어 보기도 했다.

이때, 돌담 위로 고양이 한 마리가 사뿐사뿐 걸어왔다. 갓 사춘기를 지난 바둑이 무늬 고양이었다. 검은 꼬리가 곧게 뻗었지만, 꼬리의 중간쯤이 오른쪽으로 '툭' 꺾여 있었다.

고양이는 구르미를 향해 펄쩍 뛰어내렸다.

"까르르, 까르르."

고양이는 구르미 다리에 몸을 비볐다.

처음 느껴보는 부드러움에 구르미의 눈이 동그랗게 커졌다. 구르미는 쪼그려 앉아 고양이에게 눈을 맞추며 물었다.

"넌, 누구야?"

고양이는 맑고 동그란 눈망울로 구르미를 바라보며 말했다.

"난 달이야, 친구가 되어 줄래?"

"친구?"

구르미가 고개를 갸웃거리자 달이는 작게 고개를 끄덕이며 말했다.

"응."

'허슬담' 위에는 또 다른 고양이 다섯 마리가 이

둘을 보고 있었다.

"친구?"

구르미는 다시 한번 고개를 갸웃거리며 물었다.

"달이는 왜 나랑 친구가 되고 싶은 거야? 달이에게 친구는 어떤 의미야?"

"친구……?"

달이는 잠시 눈을 감고 생각에 잠겼다.

방긋 눈을 뜬 달이는 꼬리를 세우고 '사뿐사뿐' 구르미 주위를 한 바퀴 돌았다. 구르미는 달이를 따라 몸을 돌렸다. 돌기를 멈춘 달이가 고개를 들어 부드럽게 말했다.

"함께, 시간을 보내고, 함께, 즐겁고 재미난 추억을 쌓는 것."

구르미는 잠시 생각하더니 다시 고개를 갸웃거리며 되물었다.

"달이에게 친구란, 즐겁고 재미난 추억을 쌓는 것이야?"

달이는 멍하니 구르미를 바라봤다. 얼마나 지났을까?

"아~아니! 또 있어!"

달이가 소리쳤다.

"어떤 걸까?"

"서로 아껴 주는 것! 그래! 아껴 주는 거야! 아껴 줌! 그게 없으면 친구가 아니야, 즐겁고 재미난 추억만 있다고 친구가 되는 건 아냐, 좋은 친구가 될 수 없어, 아껴 주는 마음이 있어야 진정한 친구가 되는 거야!"

달이는 환하게 웃으며 큰 소리로 외쳤다.

구르미는 미소 지으며 물었다.

"달이는 나랑 친구보다도 좋은 친구, 진정한 친구가 되기를 원하는 거네?"

"응! 아껴 주는 좋은 친구!"

달이는 고개를 끄덕였다. 두 눈에는 작은 눈물이 고여 있었다.

"그럼, 내가 달이를 어떻게 해야 아껴 줄 수 있을까?"

구르미가 마지막으로 물었다.

"안아 줘, 안아 주는 거야, 친구가 아파하면 안

아 주고, 내가 슬플 때도 안아 주는 거야, 서로의 체온과 심장 소리를 맞춰 가는 거야, 그럼 아픈 친구는 아픈 것도 잊어버릴 거야 영원히는 아니라도 안겨 있을 때만이라도……."

달이의 볼에는 작은 눈물이 흘렀다.

"정말 쉽다……, 안아 주는 것만으로 좋은 친구가 될 수 있다니."

구르미는 방긋 미소 지었다.

"그럼, 오늘부터, 구르미는 달이의 좋은 친구가 되어줄 게, 이리 와."

구르미가 양팔을 벌리자 달이는 펄쩍 뛰어 구르미 품에 안겼다.

구르미는 달이를 '꼬옥' 안았다. 달이는 구르미의 가슴에 자리 잡고 '골골' 송을 불렀다.

이제, 둘은 친구가 되었다.

서로 아플 때 안아 주는, 좋은 친구가 되었다.

"구르미야, 가자."

나는 물 페트병 여섯 개들이 팩을 오른손에 들

고 구르미를 불렀다. 이걸 들고 구름봉을 올라야 한다는 생각에 이미 마음은 무거워져 있었다.

"응, 이모!"

구르미는 가슴에 고양이 달이를 안고 왔다.

"이 고양이는 뭐야!"

짜증 섞인 나의 말에 구르미는 방긋 웃으며 말했다. 아주 해맑게.

"인사해 이모, 나의 좋은 친구, 달이야."

"야옹."

아이 하나도 벅찬데 고양이까지?

"어떻게 하려고! 놓고 가!"

구르미는 눈을 감고 고개를 좌우로 살살 저었다. 감긴 눈은 웃고 있었다.

'질 수 없다.'

나는 허리에 두 손을 얹고 한쪽 다리로 살짝 체중을 옮겼다. 입술을 앙다물고 매서운 눈으로 구르미를 내려봤다. 겨울여왕처럼 차가운 냉기를 뿜어냈다.

구르미도 지지 않으려고 미소를 가득 머금은

순진한 눈망울로 나를 올려 봤다. 구르미에서 따뜻한 기운이 올라왔다.

 차가운 기운과 따뜻한 기운이, 한류와 난류가 만나 섞이듯, 섞여서 묘한 분위기를 만들어 냈다. 이장님은 옆에서 파이프를 꽉 깨물며 터지는 웃음을 참고 있었다.

 구르미의 미소는 변하지 않았다.

 결국~, 내가 졌다.

 고개를 돌려 이장님께 말했다.

 "이장님, 죄송한데 고양이 좀 먹이게 생선 대가리 좀 주실래요?"

 "그럼~, 그럼~, 줘야지, 어서 줘야지~, 아주 듬뿍~ 줘야지."

 이장님은 참았던 웃음을 터트리면서 검은 봉지에 생선 대가리를 가득 담아 주셨다. 이장님은 내 앞에서 웃는 게 미안한지 검은 봉지를 넘겨 주실 때 고개를 푹 숙이고 주셨다. 웃음을 참느냐고 이장님의 어깨는 계속 들썩였다.

 오른손에는 페트병 여섯 개들이 팩, 왼손에는

생선 대가리가 든 검은 비닐봉지를 들고 산을 오르기 시작했다. 마을에서 산 아래까지는 이장님이 빌려준 돌돌이에 싣고 편하게 왔지만, 산밑에서부터 텐트까지는 어쩔 수 없이 손으로 날라야 했다.

 텐트까지는 아직 멀었는데 셔츠는 이미 땀 범벅이 되었고 머리카락은 쉴 새 없이 얼굴에 들러붙었다. 머리를 흔들고 입으로 불어 떼려 해도 끈질기게 붙어 있었다. 게다가 고양이 다섯 마리가 마을부터 생선 대가리 비린내를 맡고 졸졸 따라오고 있었다.

 "구르미야, 이모가 무거워서 그런데 이 비닐봉지 좀 받아 줄래? 이모가 힘들어서 그래."

 웬만하면 꺾지 않는 자존심을 숙이고 한 부탁이었는데 구르미는 그저 달이만 안고 있었다. 더 화났던 건, 들은 척도 하지 않고 달이만 보고 웃고 있는 거였다.

 갑자기 속에서 울화가 치밀어 올랐다.

 '웃어? 이모가 자존심 숙이고 부탁했는데 웃고

있어?'

"우와!"

나는 비닐봉지와 팩을 집어 던졌다.

바닥의 조막 돌을 집어서 뒤따라오는 고양이들에게 던졌다.

"꺼져 버려!"

고양이들은 괴성을 지르며 흩어졌다.

"야! 꺼져 버리라고!"

허리를 꺾으며 악을 썼다.

얼마나 소리를 질렀을까?

마음이 후련해졌다. 심장이 마구 뛰기를 멈추고 조용해졌을 때 뒤를 돌아보았다. 구르미와 달이가 눈을 동그랗게 뜬 채 놀란 얼굴로 나를 바라보고 있었다.

'너희들 이제 알았지, 이 이모가 화나면 이렇게 된단다.'

내 성질을 보여 주는 목적은 달성했으려나,

'풋!'

헛웃음이 나왔다.

"땀 좀 식히고 가자."

우리는 넓적한 바위에 걸터앉았다. 솔나무가 그늘을 만들어 주고 솔솔바람이 땀을 말려 주었다. 이런 소동을 모르는 고깃배들과 갈매기들은 조용히 떠다니고 부지런히 날고 있었다. 난 구르미 머리를 살며시 쓰다듬어 주었다. 부드러움에 미소가 지어졌다. 내 마음도 저 풍경처럼 되기를 빌면서.

푸른 하늘에 유성 하나가 하얀 선을 그리며 바다에 떨어졌다.

6

 어둠이 주변을 감쌀 무렵, 작은 별들이 하나둘 모여 속삭이기 시작했다. 별들이 떠드는 소리를 들으며 우리는 마지막 행사인 불멍을 위해 모닥불을 피웠다. 새끼손가락만한 가지에 작은 불꽃을 붙인 다음 숨을 넣자, 불꽃은 몸을 힘껏 부풀렸다. 구르미는 내 흉내를 내며 입술을 동그랗게 말고 숨을 불어넣었다.

 "후~."

 구르미 얼굴이 벌겋게 달아올랐다.

 불꽃이 흥에 겨워 춤을 추었다. 맘껏 추라고 부

지깽이로 숨구멍을 터주자 따듯함도 덩달아 달아 올랐다.

"탁탁!"

구르미와 달이 그리고 나는 나란히 앉아 사그라지는 나뭇가지 소리에 맞춰 춤추는 불꽃을 지켜보았다. 재잘거리기를 멈춘 별들이 하나둘 사라지고 불꽃이 마지막 숨을 내쉴 때 구르미가 달이에게 물었다.

"달이는 왜 나에게 친구가 되어달라고 한 거야?"

구르미 가슴에 안겨 졸던 달이가 귀를 쫑긋 세우며 구르미를 올려 보았다. 잠시 뒤 달이는 펄쩍 뛰어 내려와 사뿐사뿐 걸어 구르미 앞에 앉았다. 반짝이는 동그란 검은 눈으로 구르미를 올려 보며 말했다.

"외로움이었어."

"외로움?"

"응, 외로움."

구르미는 가만히 달이를 바라보았다.

"외로움이란 아이가 갑자기 오면 눈물만 나고 아무것도 할 수 없었어. 한 발짝도 움직일 수 없었고 밥을 먹는 것도 힘들었어. 어떤 때는 숨조차 쉴 수 없었어. 이대로 잠에서 깨지 않고 세상에서 사라지기를 빌었던 적도 있었어."

달이의 검은 눈에는 눈물이 고여 있었다.

"힘들었어! 너무 힘들었어. 나에게 떨어지라고 저리 가버리라고 뛰어도 보고 소리쳐 봐도 이 외로움이란 아이는 더욱더 나를 따라와 괴롭혔어. 무서웠어. 외로움이라는 아이가 괴물이 되어 나를 먹어 버릴 것만 같았어."

달이의 검은 눈에서 눈물이 흘러내리기 시작했다.

"마음속에서 요동치는 이 외로움이란 아이를 잠재울 수 있는 것은 친구와 함께하는 것이었어. 함께 있고 안아 주면 외로움이 사그라들었거든."

"힘들었겠구나, 우리 달이."

구르미는 달이를 당겨 안았다. 달이 얼굴에 볼을 비볐다.

"외로움이란 아이에게서 벗어나려 할 때의 그 몸부림, 그 슬픔이 느껴져, 달이야."

구르미는 달이와 함께 눈물을 흘렸다. 서로의 심장 소리가 서로를 진정시킬 때쯤 구르미가 조그마한 입을 열었다.

"달이야, 외로움이란 작은아이는 누구나 있는 것 같아, 달이도 있고 나도 있고."

구르미는 두 손으로 달이를 높이 들어 올리며 말했다. 녹아내리는 아이스크림처럼 달이의 팔다리가 축 늘어졌다. 구르미는 웃으며 말했다.

"이 외로움이란 아이는 잠꾸러기라 평소에는 잠만 자는데 어느 순간 깨어나 놀아 달라 할 때면, 이상한 친구와 손잡고 함께 오지, 그게 누군지 알아?"

달이는 고개를 저었다.

"불행이라는 아이야, 형태도 없고, 존재하지도 않는 아이지."

"없어?"

"그럼, 있지도 않고 없지도 않은 아이야, 행복

이란 아이가 어떤 아이인지도 모르는데 불행이라는 아이를 어떻게 알겠어?"

구르미는 웃었다.

"달이에게 행복은 뭐야?"

"음~ 할머니~ 아니 사랑하는 사람과 함께 웃는 것."

"사랑하는 사람과 함께 웃지 못 한다고 숨 쉬지 못 할 정도로 슬픈 것은 아니잖아? 행복하지 않을 뿐이지? 불행이라는 아이를 나도 모르게, 이유 없이 데려왔을 뿐이지."

구르미의 미소 섞인 말에 달이는 고개를 끄덕였다.

"불행이라는 아이는 사람들이 이유 없이 불러내어 놀아 달라고 해서 언제나 피곤해 해, 집에 가서 자고 싶어 하지, 외로움이라는 아이가 또 놀아 달라고 하면 어떻게 해야 하겠어?"

달이는 눈만 껌벅거렸다.

"외로움이란 아이가 불행이라는 아이와 손잡고 함께 왔으면 불행이라는 아이는 집으로 돌려보내고 이 외로움이라는 아이와 잠시 놀아 주면 돼, 아주 잠시, 놀아 주면서 이 외로움이란 아이가 왜 잠에서 깨어났는지 물어보고 달래어 다시 잠을 재우면 돼, 달이도 할 수 있겠어?"

구르미가 웃으며 말했다.

"야옹!"

달이가 힘차게 대답했다.

"그런다고 가슴을 옥죄는, 가슴을 후벼 파는 감정이 사라질 것 같아?"

은주가 부지깽이로 붉은 재를 신경질적으로 뒤적이며 말했다.

"넷까지게 외로움이란 게 뭔지나 알아? 그런다고 외로움이 없어질 것 같아, 네가 외로움이라는 고통스러운 감정을 느껴 보기나 했어? 친구가 있으면 외롭지 않다고? 친구라는 가면을 쓰고 나를 비웃는 사람들 속에 네가 있어 봤어? 거짓되게 웃어 주는 사람들 속에서 느끼는 그 고독감, 외로움이 얼마나 속 쓰리게 하는지, 그것들이 숨도 못 쉬게 해! 엄마, 친구, 형제, 애인이 있지만 언제나 외로웠어. 차라리 이들이 없어서 외로우면 마음이나 편할 거라는 생각도 들었어. 내 마음을 휘젓고 요동치는 이런 마음을 네가 알기나 알아!"

은주는 부지깽이를 휙 집어 던지고 돌아 앉았다.

"흑흑."

고개 숙여 울기 시작했다. 어깨가 들썩였다. 구르미는 은주 뒤로 다가가 안았다.

"싫어!"

구르미 손을 쳐낸 은주는 신경질적으로 일어나 텐트로 뛰어 들어갔다.

"흑흑."

울음소리가 텐트 밖까지 들렸다.

구르미와 달이는 일어나 멍하니 어두운 밤바다를 보았다. 파도는 어둠 속에서 조용히 출렁이고 있었고 뒤쪽의 텐트에서는 여전히 은주의 우는 소리가 들렸다.

모닥불의 붉은 불이 완전히 사라질 때까지 구르미와 달이는 바다만 보고 있었다.

"아함~."

구르미는 하품을 크게 했다. 졸음이 몰려왔다. 구르미는 텐트로 갔다.

"이모, 구르미 졸려."

울음소리가 멈추고 텐트 앞문이 열렸다. 눈이 붉게 충혈된 은주가 자리를 정리하며 말했다.

"그래, 어서 자자. 어서 들어와. 피곤하지?"

구르미와 달이는 텐트 안에 누웠다. 은주는 구르미를 안고 달이는 이 둘 사이에 끼어 잠이 들었다. 불이 꺼지며 텐트는 잠이 들었다.

파도 소리만이 깨어 있었다.

사랑하는 사람과 함께 웃지 못 한다고
숨 쉬지 못 할 정도로 슬픈 것은 아니잖아?
행복하지 않을 뿐이지.

7

 바람꽃섬의 서편에는 솔바람 포구로 마을 사람들이 살고, 동편에는 갈맷빛 벼랑으로 갈매기들이 살고 있었다. 우리는 작은 랜턴 하나에 의지해 어둠을 헤치며 이 갈맷빛 벼랑으로 가고 있었다. 우리라기보다는 나 혼자 가고 있었다. 정작 가고 싶어 했던 구르미는 내 등에 업혀 꿈나라에 가 있고 달이는 나와 구르미 사이에 끼어 긴장한 채로 매달려 있었다.
 처음에는 할 만했는데 이제는 다리가 후들거린다. 어제 구르미가 환한 미소를 지으며 자신 있게 말한 것을 믿지 말았어야 했는데, 지금에 와서 후회해야 어쩔 수 없었다.

어젯밤이었다. 구르미와 나는 매일 하던 대로 모닥불을 피우고 불멍을 하고 있었다.

다 타고 남은 잿불이 아침 햇살처럼 붉게 타올랐을 때, 구르미가 물었다.

"해가 붉은색이에요?"

나는 잠시 뜸을 들이다가 말했다.

"그래, 해는 붉은색이야. 구르미는 해 뜨는 걸 한 번도 본 적이 없니?"

구르미는 대답 대신 고개를 끄덕였다. 신기해하는 동그란 눈빛을 차마 외면할 수가 없었다. 그래서 하지 않아도 되는 말을 했다.

"그럼, 우리 내일 아침 일찍 일어나 해 보러 갈까?"

지금 생각해 보면 그저 구르미가 좋아하는 모습을 보고 싶었다. 이상하게 구르미가 좋아하면 나도 좋았다. 이것이 사랑이라는 감정일까?

"네."

구르미의 환한 표정에 나도 웃었다.

"그럼, 일찍 일어날 수 있어? 해 뜨기 전에 갈맷빛 벼랑으로 가야 해. 그래야 아침 해를 볼 수 있거든."

"네."

구르미는 나를 안았다. 볼에 뽀뽀까지 해 줬다. 가슴이 벅차오르며 이상하게 큰 미소가 지어졌다. 그런데 좋은 감정은 딱 여기까지였다.

밝디밝은, 해맑은 이 대답을 믿은 내가 잘못이었다.

"구르미야 일어나."

구르미를 흔들어 깨워도 구르미는 눈을 뜨지 못했다. 눈은 반쯤 감겼다. 일으켜 세워놓으니, 몸을 비틀거렸다. 넘어질 것 같아 손을 놓을 수도 없었다.

"달이, 달이!"

구르미는, 이 상황에서도 달이를 찾았다. 랜턴으로 텐트 안을 찾는데 달이는 보이지 않았다.

"달이야 어디 있니?"

"야옹!"

텐트 밖에서 소리가 들렸다.

난 달이를 낚아채 구르미 가슴에 안겨 주었다. 구르미는 잠에 취해 비틀거려도 달이를 받아 안았다. 안은 것보다는 달이가 떨어지지 않으려 매달렸다. 발톱을 세우고 구르미 멜빵 바지에 매달려 있는 달이 모습이 처량하다 못해 처절했다. 살려달라고 애처롭게 나를 보는 달이 눈빛은 지금 생각해도 '풋' 하고 웃음이 나온다.

"자, 가자."

구르미 손을 잡아끌고 출발했지만, 몇 발짝 못 가고 포기했다. 한 발짝 디딜 때마다 구르미가 앞뒤로 흔들렸다. 결국, 구르미를 둘러업고 달이는 그사이에 쑤셔 넣었다. 한 손은 구르미 엉덩이를 바치고 다른 한 손은 랜턴을 들고 갈맷빛 벼랑으로 출발했다.

출발할 때는 어둠이 자욱했지만, 갈맷빛 벼랑에 가까워지자 앞이 조금씩 보이기 시작했다. 어둑한 사위에 갈맷빛 벼랑 끝이 보였다. 조금만 더

가면 된다. 후들거리는 다리를 진정시키려 이를 악물었다. 지독한 가뭄이었지만 나의 등과 얼굴은 송골송골 수분 가득한 땀으로 범벅이 되었다.

벼랑 끝에 도착했다. 나는 이슬에 젖지 않은 잔디를 찾아 구르미를 내려놨다.

"이모, 다 왔어요?"

구르미는 두 손으로 눈을 비비며 물었다. 잠이 덜 깬 구르미 얼굴을 보자 헛웃음이 지어졌다.

"그래."

짧은 다리를 앞으로 뻗고 앉은 구르미 옆에 나도 다리를 앞으로 뻗고 앉았다. 아직도 잠에 취해 눈 감고 있는 구르미가 나에게 기대왔다. 시원한 바닷바람보다 따스하게 전해지는 구르미의 체온이 더 좋았다. 나는 구르미를 안았다. 아기 살 내음이 바닷바람과 섞여 올라왔다. 달이는 우리 사이를 비집고 들어왔다.

벼랑 끝에는 바다 갈매기들이 살고 있었다. 갈매기들은 둥지에서 서로에게 체온을 전달하며 아침 추위를 녹여내고 있었다.

사위가 밝아 오기 시작했다.

"구르미야 일어나 저게 아침 해야, 네가 처음 보는 아침 해."

"구르미 졸려······."

구르미는 눈을 비비고 기지개를 켜며 크게 하품을 했다.

수평선 너머 바다 한가운데서 붉은 빛이 새초롬하게 올라왔다. 조금씩, 조금씩 얼굴을 내민 붉은 빛이 얇은 눈썹처럼 되었다.

구르미는 긴장감에 주먹을 꽉 쥐고 있었다.

마침내 붉은 해는 자신의 온전한 '동그람' 모두를 보여 주었다.

"달이었어, 달! 이모, 웃는 달이 해였어! 졸린다고 일찍 들어간 달이 해였어! 달은 해였어!"

구르미는 손가락으로 해를 가리키며 나를 보고 환하게 웃으며 말했다.

기뻐하는 구르미 모습에 다리의 후들거림, 허리 결림, 고생스러움, 후회, 원망 모두 사라졌다. 그저 웃음만 나오고 가슴이 벅차오르며 따듯

8

바다 갈매기 하람은 벼랑 끝에 섰다.

그의 머리에는 다른 갈매기들과 달리 작은 푸른 깃이 꽂혀있었다. 그는 날개를 활짝 펴고 몸을 낮춰 뛰어내릴 자세를 잡았다. 속으로 숫자를 셌다.

'하나, 둘, 셋!'

뛰어야 했지만, 하얀 갈매기 하람은 여전히 벼랑 위에 있었다. 가느다란 노란색 두 다리는 바르르 떨리고 있었다. 벼랑 밑 파도는 쏏소리를 내며 바위에 부서지고 있었다.

하람은 고개를 들어 하늘의 갈매기들을 보았다. 그의 검은 눈동자는 불안하게 흔들렸다. 잠시 눈감은 하람, 무슨 생각을 하였을까?

하람은 휙 고개를 돌려 둥지 쪽으로 걸어갔다. 땅에는 하람만 있었다. 하람은 날 수 있지만 날지 못하는 새였다.

누군가 말을 걸었다.

"너는 왜 날지 않아?"

구르미였다.

하람은 대답하지 않았다.

하람의 여자친구 갈매기 소은이가 날아와 하람이 날지 못하는 이유를 이야기했다.

하람은 푸른 깃 탐험대 대장이었다.

오랜만에 찾아온 극심한 바람꽃섬의 가뭄, 나무와 풀과 동물들 모두가 목말라했다. 지쳐갔다. 결국, 바다 갈매기 무리는 생존을 위해 잠시 물이 있는 다른 섬으로 떠나기로 결정했다.

촌장은 물이 있는 섬을 찾는 푸른 깃 탐험대장으로 하람을 뽑았다.

탐험대장은 망망대해를 지나 섬을 찾아야 한다. 만일, 섬을 찾지 못한다면? 간신히 섬을 찾았지만, 맹금류의 공격을 받는다면? 바람꽃섬으로 돌아갈 수 없다. 하람을 기다리던 갈매기 무리도 가뭄 속에서 생존할 수 없다. 그래서 푸른 깃 탐험대장은 자신의 생존과 갈매기 무리의 안위를 위해서라도 강인한 체력과 정신력, 장거리 비행 기술을 갖추고 있어야 했다.

그중에 가장 큰 문제는 장거리 비행 기술이었다. 몇 세대 동안 섬을 벗어난 적이 없는 갈매기들이었기에 장거리 비행을 할 수 있는 갈매기가 없었다. 장거리 비행 기술은 잊힌 기술이었다.

촌장이 전설처럼 내려오는 비행 기술을 하람에게 이야기해 주면 하람이 혼자 날아보는 것이 전부였다.

장거리 비행을 하려면 일단 구름 위로 올라야 했다.

구름 위?

그곳은 가보지 않은 곳, 미지의 공간이었다.

하람은 날아오르고 날아올랐다.

날갯짓을 많이 하는 방법으로 시도했지만 구름 위에 오르기 전에 먼저 지쳤다. 방법을 바꿔 바람을 이용하기로 했다. 바람을 타는 연습을 시작했다. 바람이 반대 방향에서 불더라도 방향을 바꿔 올라가는 방법을 습득했다.

드디어 '나선 비행'이라는 새로운 기술을 이용해 구름 위로 올랐다.

구름 위 바람은 아랫바람보다 강하게 불었다. 바람에 몸을 맡기자 빠르게, 힘들이지 않고 쉽게 날 수 있었다. 다만, 추위와 강한 바람에 날개가 꺾이지 않는 강인한 체력이 있어야 했다. 급작스럽게 바뀌는 바람의 방향을 빠르게 예측하고 방향에 맞게 올라타야 하기 때문이다.

하람은 바람을 타고 이리저리 날았다. 날개가 꺾일까 겁도 났지만 기뻤다. 해냈다는 가슴 벅참이 올라왔다. 이제 무엇이든 할 수 있다는 생각이 들었다.

멀리 바람을 머금은 작은 검은 구름이 보였다.

과거 전설의 푸른 깃 탐험대원들이 구름이 내뿜는 돌풍을 이용해 순식간에 멀리 갔다는 '검은 숨'이었다. 탐험대장이면 반드시 경험해 봐야 했다. 하람은 방향을 틀어 검은 구름에 다가갔다. 돌풍의 흐름에 몸을 맡겼다. 강한 바람이 가슴과 날개를 스쳐 지나갔다. 낯선 흐름에 날개 끝이 바르르 떨렸다.

바람의 흐름을 읽고 날개를 기울여 바람의 방향을 조절하자, 날개의 떨림이 가라앉았다. 바람을 조절하기 힘든 만큼 재미도 있었다. 이제 돌풍도 어렵지 않게 이용할 수 있다는 자신감이 생겼다.

지나친 자신감이었을까?

좀 더 강한 바람을 타고 싶은 욕심이 생겼다. 상부의 강한 바람을 타기 위해 날개를 비틀자, 몸이 더 높이 떠오르며, 점점 더 강한 바람이 날개 밑으로 들어왔다. 상부의 바람은 생각보다 강했다. 날개 끝이 심하게 떨려 왔다.

'악!'

날개가 꺾였다.

하람의 몸뚱어리가 바다로 곤두박질치기 시작했다. 날개를 펴보려 했지만 강한 바람에 펴지 못했다. 이리저리 몸을 돌려 자세를 잡지만 떨어지는 속도는 점점 빨라졌다. 푸른 바다가 빠르게 다가왔다. 어느덧 눈앞이었다. 하람은 눈을 질끈 감았다.

 하람은 푸른 하늘에 하얀 선을 그리며 바다에 떨어졌다.

 우리가 달이를 만난 날 낮에 떨어진 유성은 유성이 아니었다.

하람은 날 수 있지만 날지 못하는 새였다.
 과거의 후회와 미래의 불안이 사정없이 하람이를 땅으로 끌어당겼다. 하람은 현재를 벗어나 과거와 미래 사이에서 헤매고 있었다. 지금 하람의 시간에는 현재가 없다.
 "하람이는 날고 싶지만, 날지 못해 속상하구나?"
 엎드려 하람과 눈높이를 맞춘 구르미가 말했다.
 하람은 입을 앙다물고 아무 말도 하지 않았다.
 구르미는 하람의 마음과 하나 되고 싶은 마음

으로 기다렸다. 답답한 하람의 마음이 구르미에 전달되었다. 구르미의 굵은 검은 눈썹 뒷부분이 힘없이 내려갔다. 하람은 대답 대신 고개를 돌려 구르미 눈을 쳐다봤다.

구르미가 미소 지으며 말했다.

"하람에게 가장 행복했던 순간은 언제였어?"

하람은 대답하지 않았다. 하늘만 쳐다보았다. 구르미는 작은 미소와 함께 하람을 보며 기다렸다.

하람이 조용히 입을 열었다.

"처음, 처음으로 날았을 때."

구르미는 고개만 끄덕였다. 하람은 이어 말했다.

"둥지를 나와 처음 벼랑으로 몸을 던져 하늘을 날았을 때야. 겁도 났지만 나도 날 수 있다는 기대감에 벼랑으로 몸을 던질 수 있었어. 날개를 펼치자, 날개 안에 바람이 들어와 나를 하늘로 붕 떠오르게 하는 느낌이 너무 좋았어."

하람은 눈을 감고 미소 지었다.

"수면을 스치듯 날아 보고, 높이도 날아 보고, 멀리도 날아 보고, 어디든 갈 수 있다는 자신감도

생겼지. 그때, 그 바람의 감촉과 냄새는 지금도 느껴져."

하람은 오른쪽 날개를 들어 보였다. 구르미는 미소 지었다.

"하람이 가장 슬펐던 일은 무엇일까?"

구르미는 고개를 갸웃하며 물었다.

하람은 고개를 숙이고 눈을 감았다. 구르미는 조용히 바라봤다.

"지금 내가 이렇게 땅에 있는 것······."

하람은 말을 잇지 못했다.

"자세히 설명해 줄 수 있어?"

구르미는 작은 미소를 지으며 물었다.

"난 푸른 깃 탐험대 대장이야. 열 명의 탐험대원의 생명을 책임지는 것은 물론, 나아가 우리 푸른 부족의 생존이 나에게 달렸는데, 내가 ······ 내가, 나의 잘못된 판단, 아니, 실력이 없기에 날지 못 하는 거야. 날지 못 하면······. 장거리 비행도 못 하고······. 그동안 나를 믿어 주었던 대원과 부족원들이 나를 어떻게 바라볼까 두려워. 미안한

감정이 떠오르면서 가슴이 답답해져. 왜 나 같은 놈을 믿어 주었는지 이제는 그들의 기대가 무거워……. 그저, 주저앉고 싶어…….”

눈을 감은 하람의 눈에서 눈물이 흘렀다. 어둡고 무거운 슬픔이 구르미에게로 전달되었다. 구르미 눈썹 끝부분이 스르르 내려갔다. 하람의 목덜미를 소은이 부드럽게 부리로 비벼 주지만, 하람의 눈물은 멈추지 않았다. 소은은 그것을 알기에 더욱 하람을 안아 주었다.

기다리고 기다렸다.

하람과 구르미 마음의 주파수가 공명하며 커질 때까지 기다렸다.

하람이 눈물을 멈추고 눈을 떴다. 구르미가 고개를 끄덕이자, 하람도 고개를 끄덕였다.

구르미가 물었다.

"하람에게 가장 감사했던 적은 언제야?"

하람이 고개를 돌려 소은을 쳐다보았다. 그의 눈망울에 작은 소은의 얼굴이 비쳤다. 하람이 미소 지었다.

"촌장과 부족 어르신들이 푸른 깃 탐험대 대장으로 나를 뽑아 주었을 때가 가장 감사했어. 그리고 소은이 자기 일처럼 기뻐해 줘서 정말 고마웠어! 그때를 잊을 수가 없어!"

하람은 자기 얼굴을 소은의 얼굴에 비볐다. 걱정에서 기쁨으로 차는 소은의 마음이 느껴졌다. 따뜻함, 포근함이 구르미에게도 전해졌다. 구르미 얼굴에 미소가 저절로 지어졌다. 마음의 공명이 커져 주변을 밝은 기운으로 가득 차게 했다. 구르미는 이 감정의 전해짐을 고마워하며 이 순간을 즐겼다.

"하람아, 고마워 나까지 따뜻해지는 것 같아."

구르미는 크게 미소 지었다.

"하람아, 그럼, 하람이에게는 어떤 마음의 기준이 있을까?"

"마음의 기준?"

하람은 몸을 돌려 벼랑 끝까지 걸어갔다. 입을 굳게 다물고 바다를 응시했다. 한참을 바라보았다. 세찬 바닷바람만이 그의 머리에 꽂힌 푸른 깃 탐험대 대장 표식인 푸른 깃을 흔들었다. 구르미와 소은은 숨죽여 기다렸다.

"도전과 성장."

짧은 대답이었다. 하람은 돌아보지 않았다. 그의 굳은 눈은 바다를 보고 있었다.

"새로운 모험에 도전할 때면 언제나 가슴이 뛰었어, 긴장으로 심장이 마구 뛸 때면 내가 살아있음을 느꼈고, 성공 후에는 도전 전에 겁먹던 나와 다르게 성장했음을 가슴 뜨거워짐으로 느꼈지, 도전과 성장은 내가 살아있고 전진하고 있음을 느끼게 해 주었어."

구르미는 그의 뒷모습을 보며 말했다.

"하람아 고마워, 하람아, 너다운 하람은 어떤 하람일까?"

"나는 어떤 하람일까?"

질문을 되뇐 하람은 고개를 들어 높은 하늘을 쳐다보았다. 하람의 머리에 있는 푸른 깃털이 바람에 가벼이 흔들렸다.

하람이 조용히 말했다.

"하늘을 사랑하는 영원한 푸른 부족의 푸른 깃 탐험대 대장."

하람이 구르미와 소은을 향해 고개를 돌렸다. 그의 얼굴에는 미소가 지어져 있었다.

"구르미야 이제 알겠어! 촌장님과 부족 어른들이 나에게 큰 사랑을 주셨다는 것을. 그분들의 감사함이 가슴으로 느껴져. 또 나는 하늘에 있어야 진정한 내가 된다는 것을 깨달았어. 지금 내가 이렇게 땅에 있는 것은 푸른 깃 대장인 나에게 잠깐의 멈춤의 순간이고, 지금 이 상황은 어려움도 아니고 고난도 아니야. 훌륭한 푸른 깃 탐험대 대장이 되어가는 시행착오일 뿐이야. 더 멀리, 더 높이 비상하게 하는 멈춤의 과정일 뿐이라는 것을 깨달았어. 고마워 구르미야, 이제 다시 하늘을 날 수 있을 것 같아."

말을 마친 하람은 벼랑으로 몸을 던졌다.

벼랑 밑으로 사라진 하람, 잠시 뒤 날개를 곧게 편 하람이 솟구쳐 올랐다.

구르미의 눈썹이 껑충 올라가고 입이 벌어졌다.

소은이도 뒤따라 날아올랐다. 둘은 파란 하늘에 하얀 선을 그리며 올라갔다. 함께 춤을 추며 날아올랐다. 구르미는 그들을 향해 두 팔을 들어 크게, 크게 흔들어 주었다.

지금 내가 이렇게 땅에 있는 것은 잠깐. 멈춤의 순간이었어.
이 상황은 어려움도 아니고 고난도 아니야.
훌륭한 푸른깃 탐험대 대장이 되어가는
시행착오일 뿐이야. 더 멀리, 더 높이 비상하게 하는 멈춤의
과정일 뿐이라는 것을 깨달았어.

10

여느 때와 다른 갈맷빛 벼랑의 아침이었다.

해 뜨기 직전, 갈매기들이 모두 깨어있었다. 어둑한 어둠에서 열 마리의 푸른 깃 탐험대원이 가족과 연인끼리 부리와 얼굴을 비비고 있었다. 나머지는 그들을 둘러싸고 흐뭇하게 바라보고 있었다. 누구도 말하지 않았다. 갈맷빛 벼랑은 조용했다. '사랑한다'라는 마음속 속삭임만이 가슴에서 가슴으로 전달되고 있었다.

벼랑 끝 촛대바위 위에 푸른 깃 탐험대장 하람이 동쪽 수평선을 바라보고 있었다. 그는 바위가 되어 있었다. 바람에 움직이는 것은 머리에 꽂힌 푸른 깃뿐이었다.

하늘이 점점 밝아지고, 태양이 붉은 눈썹을 드러내기 시작했다.

드디어 하람이 날개를 폈다.

탐험대원들은 작별 인사를 마치고 일사불란하게 벼랑 끝에 나란히 섰다.

하람이 바위에서 뛰어내렸다.

열 마리의 탐험대원들이 차례대로 뛰어내렸다. 벼랑 위에는 아무도 없었다. 잠시 뒤, 벼랑 위로 날개를 곧게 편 하람이 솟구쳐 올랐다. 열 마리의 푸른 깃 탐험대원들이 줄지어서 하람이 뒤를 쫓아, 따라 올랐다. 하람과 하나가 되어 날아올랐다.

탐험대원들에게 하람은 형, 아버지, 아니 무조건 신뢰할 수밖에 없는 그 이상이 되어 있었다. 대원들은 하람을 믿고 따랐고 함께함에 행복감을 느꼈다. 하람은 푸른 깃 탐험대장으로서 한층 성장해 있었다.

푸른 깃 탐험대는 커다란 나선을 그리며 동쪽

하늘 구름 위로 올라갔다.

열한 마리의 일체 된 '나선 비행'에 푸른 부족원 모두는 탐험대원들이 꼭 자신들의 소원을 이루어 줄 것이라고 믿었다. 그들이 작은 점이 되어 동쪽 하늘 높이 사라질 때까지 부족원들은 벼랑 끝에 서서 그들의 무사 귀환을 빌었다.

소은은 촛대바위 위에 서 있었다.

우리는 갈맷빛 벼랑에서 탐험대가 돌아올 때까지 기다리기로 했다. 해가 서쪽으로 기울기 시작할 무렵 드디어 탐험대 중 가장 어린 갈매기 한 마리가 첫 번째로 돌아왔다.

작은 섬을 찾았지만, 물이 없었다는 소식을 전해 왔다. 서쪽으로 해가 기울어져 어둑어둑해질 때까지 두 마리의 갈매기가 탐험대의 또 다른 소식을 가지고 도착했다. 아직 섬을 찾고 있다는 소식이었다.

어두워져 텐트로 돌아갈까 하는데 구르미가 나를 보며 힘주어 말했다.

"이모, 여기에 불을 피워 불멍하고 여기서 자자, 밤에 불을 피우면 탐험대가 잘 찾아올 수 있잖아. 그렇지, 이모? 그리고 구르미는 탐험대가 다 올 때까지 안 자고 기다릴 거야. 구르미는 절대, 안 잘 거야."

"우리 구르미, 안 자고 기다릴 수 있겠어?"

내가 머리를 쓰다듬으며 웃으며 묻자, 구르미는 입을 앙다물고 강하게 고개를 끄덕였다. 비장하게 주먹을 불끈 쥐어 보였다.

할 수 없이 구르미 소원대로 텐트에서 장작과 침낭을 가져와 벼랑 뒤쪽에 모닥불을 피우고 침낭을 폈다.

비장한, 강한 약속과 달리 구르미는 침낭을 펴자마자 내 허벅지를 베개 삼아 곤히 잠들었다.

일찍 나온 반달이 잠들 때쯤 되자 갈맷빛 벼랑의 갈매기들도 잠이 들었다. 오직, 소은이만 촛대바위에 서서 다음 해가 떠오를 때까지 동쪽 하늘을 바라보며 기다렸다.

아침까지 두 마리가 더 돌아왔다. 아직, 푸른

부족 모두가 갈 수 있는 섬을 찾지 못했다는 소식을 가져왔다.

둘째 날, 해가 떠 갈맷빛 벼랑이 밝아지고, 해가 져서 어두워질 때까지 세 마리의 갈매기가 더 돌아왔다. 셋째 날, 아침까지 두 마리가 더 왔다. 열 마리의 탐험대원 모두가 돌아왔지만, 하람은 돌아오지 않았다. 마지막 열 번째에 돌아온 대원이 푸른 부족원들에게 마지막 하람의 말을 전했다.

"대장이 꼭 좋은 소식 가지고 돌아갈 테니 기다려 달라고 했어요."

하람의 부탁과 달리 부족원들은 점점 희망을 잃어가고 있었다. 오직 소은만 희망을 품은 채 촛대바위 위에 서 있었다.

푸른 깃 탐험대가 떠 난지 네 번째 아침 해가 떠오르기 시작했다.

"오고 있어요! 오고 있어요! 저기 하람이 오고 있어요!"

소은이 우리를 향해 소리치고는 날아올랐다.

붉은 해 저편에 한 마리의 갈매기가 날아오고 있었다.

"하람이…… 온 거야?"

구르미는 눈을 비비며 말했다.

갈매기들 모두가 하람을 향해 일제히 날아올랐다. 하람은 물이 있고 부족 모두가 생활할 수 있는 섬을 찾았다는 소식도 가져왔다. 기쁨에 부족 모두가 함께 날았다. 적막이 가득 찼던 갈맷빛 벼랑은 갑자기 갈매기의 날개 치는 소리와 기쁨의 울음소리로 가득 찼다.

하람은 또 다른 갈매기가 되어 있었다.

하람은 성장했다.

하람이 돌아온 다음 날 아침, 갈맷빛 벼랑의 침낭에서 눈을 떴다. 고요했다. 들리는 건 바닷바람 소리뿐, 갈매기는 보이지 않았다. 둥지들도 모두 비어 있었다.

모두 떠나 버렸다. 하람과 함께 모두 떠나 버렸다. 작별 인사도 없이 모두 떠났다.

수평선 위로 올라오는 붉은 태양을 보며 기도했다. 가뭄이 끝나고 건강하게 다시 보자고, 이런 만남을 바라는 기도는 사치였을까? 또 다른 이별이 나를 기다리고 있었다.

"이모 없어요! 달이가 없어요!"

구르미가 일어나 소리쳤다.

"어디에 있겠지? 전에도 없다고 했는데 텐트 밖에 있었잖아."

난 우는 구르미를 안아 달랬다. 달이는 가끔 밤에 어디로 놀러 나가는지는 모르지만, 텐트 밖에 나갔다가 구르미가 일어나는 시간에 맞춰서 꼭 돌아오곤 했다. 구르미가 찾으면 바로 나타나곤 했는데, 이렇게 늦은 적이 없었다.

우리는 갈맷빛 벼랑에서 기다렸다.

점심이 되어도 달이는 나타나지 않았다.

갈매기도 떠나고 달이도 떠났다.

구르미는 울었다.

하람은 또 다른 갈매기가 되어 있었다.
하람은 성장했다.

11

 구름봉 텐트에 돌아와서도 달이가 오지 않을까? 하는 희망을 품고 기다렸다. 구르미는 울상이 되어 민들레 앞에 쪼그려 앉아 있었다. 민들레는 홀씨가 되어 있었다.
 구르미는 민들레에게 말했다.
 "미안해, 우리 많이 기다렸지?"
 달이가 사라진 다음 날 아침, 우리는 직접 달이를 찾기로 했다. 어차피 이장님 댁에서 생수를 받아 와야 했기에 마을로 내려가야 했다. 우리는 구름봉을 내려가며 달이를 불렀다. 다람쥐와 작은 새들이 우리의 외침에 잠깐 가뭄에 지친 얼굴을 보여 주었다.

솔바람 포구 입구에서 달이를 부르자 이번에는 고깃배 주위에서 어슬렁거리는 동네 고양이 몇 마리가 우리를 신기하게 쳐다봤다.

빨간색 이층 벽돌집 한정태 이장님 댁에 도착했다. 이장님은 여전히 검은 조끼에 연기 안 나는 파이프를 물고 마당에 앉아 그물을 손질하고 있었다. 인사를 하고 달이에 관해 이야기했다.

"며칠 전부터 다른 고양이들에게 쫓기며 박송례 할머니 댁으로 가던데."

이장님이 말했다.

"왜 고양이들이 달이를 쫓죠? 박송례 할머니는 또 누구고? 할머니 댁은 어디예요?"

나의 폭풍 질문에 이장님은 살짝 나를 올려 봤다. 잠시 뒤 다시 그물을 손질하며 말을 이어가기 시작했다.

"박송례 할머니 댁은, 요 밑 낡은 빨간 대문이야."

"구르미야 어디가?"

구르미는 내 손을 놓고 뛰어나갔다.

"녀석도 할머니처럼 달이를 무척 사랑하나 보구먼?"

내가 아무 말도 하지 않고 가만히 이장님을 보고 서 있자, 이장님은 이야기를 이어갔다.

"일 년 전 이맘때였지 그때는 지금과 달리 태풍이 왔어. 강풍과 함께 비가 며칠 동안 막 퍼부었지. 어르신들이 괜찮은가? 순찰할 때였어. 박송례 할머니 댁 마당에 들어서니깐, 마당에 버려진 새끼 달이가 보이더라고. 비를 맞으며 엄마를 찾고 있었어. 울음소리도 작았고, 할머니께 보여 드리니깐 손님이 와줘서 고맙다고 두 손으로 정성스레 받아주셨지. 목욕을 시키고 따듯한 아랫목에 이불을 덮어주니깐, 녀석이 금방 정신을 차리고 할머니에게 폭 안기더라고. 녀석도 자신을 사랑해 주는 사람이 누군지 본능적으로 안 거지. 신기하게, 이때 억수같이 쏟아지는 비가 뚝 그치고 구름이 갈라지면서 보름달이 떴어. 마치 달이 우리만을 비춰 주는 것 같았지. 그래서 이름을 '달이'라고 지어 준 거야. 달과 함께 왔다고."

이장님은 흐뭇한 미소를 지었다.

"왜? 동네 고양이들이 달이를 괴롭히는 거예요?"

"그놈 꼬리 못 봤어?"

생각해 보니 달이 꼬리를 유심히 본 적이 없었다.

"달이 꼬리가 중간에서 옆으로 꺾여 있잖아. 고양이에게는 큰 장애를 안고 태어난 거야."

이장님은 '씩' 웃고, 다시 이야기를 이어갔다. 손은 여전히 빠르게 그물을 엮고 있었다.

"나와 다르고 약하다, 이게 이유야. 새끼 중에 가장 약해서 어미에게도 버려지고 형제에게도 괴롭힘을 당하는 거지."

"약할수록 더 보살펴 줘야 하는 것 아니에요?"

"본성이 그런 걸 어떻게 해."

이장님은 나를 보고 크게 웃고는 파이프를 입에서 빼, 손에 들고 이야기를 이어갔다.

"이십 년 전, 진도에서 진돗개 사육장 사육사로 일했을 때였어. 열한 마리의 새끼 진돗개가 사육장에 들어왔지. 그런데 그중 한 마리가 검은색이었어. 재밌는 것은 열 마리의 흰색 놈들이 검은색, 그 한 놈을 못살게 구는 거야. 이유는 없어. 그저 다르다는 거지. 흰 놈들은 자기들끼리 어울려 다니고, 검은 놈이 어쩌다 다가가면 으르렁대며 쫓아냈어. 심지어 물기까지 했지. 밥도 못 먹게 하더라고, 남은 찌꺼기만 먹었지. 검은 놈은 추운 곳에서 따로 자고 먹지도 못하니깐 크지 못하고 흰 놈들만 쑥쑥 커갔지. 못 먹어서 그런가? 결국, 검은 놈은 병 걸려 죽었어."

이장님은 파이프를 다시 입에 물고 그물을 꾀어 나가기 시작했다.

"달이를 괴롭히는 것은 놈들에게는 장난인 거야. 이유 없어. 그저 심심풀이지. 양심의 가책도 없어, 우리 집에서 밤에 자려고 누우면 동네 소리가 다 들리는데 가끔 달이가 박송례 할머니 댁으로 갈 때 고양이들이 달이를 괴롭히려고 쫓아다니는 소리가 들리더라고. 엊그제는 우리 집 이층 지붕에서 고양이들끼리 크게 싸우는 소리가 나고는 '쿵' 하고 무언가 떨어지는 소리가 들렸어. 고양이가 마당에 떨어진 것 같은데……."

"집단이 되면 광기에 빠지고 그 광기가 약한 자를 향하는 게, 어쩜 동물과 인간이 똑같은지……. 이장님, 요 밑이 박송례 할머니 댁인 거죠? 가서 할머니께 인사를 드리고 달이가 있나 봐야겠네요."

"못 만나."

이장님은 일어나 두 손으로 그물을 들어 그물이 다 수선되었나 확인했다.

"네?"

"못 만난다고."

난 그냥 이장님을 쳐다봤다.

"돌아가셨거든, 아가씨가 오기 한 달 전쯤이야. 남편을 일찍 여의신 할머니는 자녀도 없이 평생을 외롭게 사셨지. 그래서 장례도 우리가 치러 드렸어. 신기하게도 달이는 할머니 집을 안 떠나

더라고, 밥은 우리 집에서 얻어먹고. 녀석, 할머니가 그리웠던 거지. 할머니는 키우던 강아지 햇님이가 나이를 먹고 죽어 다시는 짐승을 안 키운다고 하셨는데, 손님처럼 찾아온 달이를 키운 거야. 저녁때 가끔 방문하면 할머니는 달이를 무릎에 앉히고는 대청마루에 앉아 노을을 바라보곤 하셨지. 할머니는 웃고 계셨지. 할머니에게 안긴 달이도 편해 보이고, 할머니께서 행복하게 웃고 계시는 모습은 간만이었어."

매일, 저녁마다 없어졌던 이유가 할머니 댁에 갔다 오는 거였다니, 가끔 아침에 달이가 지친 모습으로 텐트 밖에 있던 것도 다 설명이 되었다.

난 이장님 댁을 나와 박송례 할머니 집으로 향했다. 아니 박송례 할머니가 살았던 집으로 향했다.

"달이야!"

구르미는 붉은 페인트가 벗겨진 철판 대문을 밀고 안으로 뛰어 들어갔다.

마루 위에 달이가 웅크리고 앉아 있었다.

달이가 고개를 살짝 들었다.

"구르미 왔구나…, 구르미야 미안해…."

구르미의 눈에서 눈물이 펑펑 흘렀다. 구르미는 손등으로 눈물을 훔쳤다.

구르미는 달이에게 다가갔다.

"미안해……, 미안해 구르미야, 아무리……, 아무리 해도, 가슴에 그리움, 외로움을 떨칠 수 없었어. 구르미가 친구가 되어 주고 나를 안아 주었어도 밤이 되면 할머니가 외롭게 있는 것 같아서 가만히 있을 수 없었어. 할머니가 보고 싶었어. 여기 오면 할머니하고 함께 있는 것 같았어. 편안했어. 친구가 되어 줘서 고마워, 구르미야 미안해……."

구르미는 울면서 달이를 안았다.

차가웠다.

구르미는 따듯하라고 더욱 꼬옥 안았다.

"미안해 달이야, 친구가 되었어도, 너의 마음을 알아주지 못해 미안해……."

"미안해하지 마, 구르미야, 네가 친구가 되어

주어서 친구가 무엇인지 알게 되었어. 친구가 되어주어서 고마워, 안아 주어서 고마워, 함께해 주어서 고마워, 너의 마음을 나눠 주어서 고마워, 구르미야 고마워."

구르미는 마루에 걸터앉았다.

구르미는 울면서 가슴에 안고 있는 달이의 얼굴에 볼을 비볐다.

"울지마~, 구르미야, 이제 할머니하고 함께 있을 수 있게 되었는 걸, 기뻐해 줘~."

또 다른 달이가 구르미 얼굴 앞에 가볍게 떠 있었다.

웃고 있었다.

달이는 구르미 얼굴에 가까이 날아와 볼을 비볐다. 달이는 구르미 귀에 속삭이듯 말했다.

"아프지 않아~, 이제 아프지 않아~, 가슴이, 마음이 아프지 않아~, 울지마, 구르미야~."

그리고는 자신의 볼을 구르미 볼에 비볐다.

구르미는 울었다.

소리 내지 않고 울었다.

소리 내면 더 아플까봐 소리 내어 울지 않았다.

양 볼을 따라 눈물만 방울져 흘러내렸다.

구르미는 달이 몸을 조심스레 마루에 내려놓고 양 손바닥을 펼쳤다. 달이는 손바닥 위로 날아와 가벼이 앉았다.

달이는 싱긋 웃으며 말했다.

"나를 사랑해 준 구르미 마음, 영원히 간직할게."

마지막 약속을 영원히 기억하려는 듯 달이는 반짝이는 별가루와 함께 날아올라 구르미의 몸을 한 바퀴 돌았다. 흩뿌려진 별가루가 반짝이며 구르미를 환하게 밝혀 주었다.

마지막 선물을 선사한 달이는 별가루와 함께 하늘로 올라가기 시작했다.

달이의 몸이 밤하늘에 스며들 듯 서서히 옅어져 갔다.

"안 돼! 달이야! 가지 마! 너까지 가면 안 돼! 난 누구하고 함께 가야 해?"

달이를 잡기 위해 구르미가 손을 뻗지만······.

구르미의 손은 희미해져 가는 달이의 몸만 가를 뿐이었다. 별가루만이 구르미의 손을 따라 춤을 추다 사라졌다.

"링크도 가버렸는데, 너까지 가버리면 난, 난 어떡해······."

구르미는 울며 말했다. 턱 끝에서 떨어진 눈물이 허공으로 흩어졌다.

달이가 사라지며 마지막으로 말했다.

"안녕, 구르미야."

우리는 매일 저녁 함께 바다를 보았던 장소에 달이를 묻어 주었다.
  그곳에 묻은 것이 실수였을까?
  다음 날에도 구르미는 시무룩하게 달이 무덤 앞에 앉아 있었다. 그다음 날에도 금방 눈물 흘릴 것 같은 눈을 하고 앉아 있었다.
  이런 구르미를 보고 있으니 나도 마음이 불편했다. 슬픔을 끊어 버리고 싶었다. 슬퍼하는 구르미를 보고 싶지 않다는 내 욕심으로, 구르미가 원치 않는데도 나는 말해 버리고 말았다. 그때를 돌아보면 내가 어른이라는 알량한 자존심과 자기만족감을 얻고 싶어서 상대를 배려하지 않았다는 생각이 든다.

그때의 나는 몸만 어른이었다. 어른을 흉내 낸 어른.

"구르미야, 이제 훌훌 털어버리고 일어나야지."

구르미는 말없이 달이 무덤만 봤다.

"이렇게 우는 구르미를 달이가 보면 좋아하겠니? 어서 털어버리고 일어나, 자 일어나자."

나는 구르미의 두 손을 잡아 억지로 끌어 올렸다. 구르미는 어쩔 수 없이 일어서며 말했다.

"이모는 나빠?"

구르미는 볼멘소리로 말했다.

나는 눈을 동그랗게 뜨고 구르미를 바라봤다.

"이모는 나쁜 사람이야, 잔인해?"

어이가 없었다.

"왜?"

고개가 갸웃하고 어깨가 올라가면서 나의 목소리가 높아졌다.

내 질문에, 구르미는 답변 대신 볼을 부풀리고 입술을 앙다물었다. 한 보도 안되는 우리 사이에는 차가운 침묵이 바람이 되어 휘몰아치고 있었다. 나의 인내심이 바닥날 때쯤 구르미가 눈물을 머금은 채 붉게 충혈된 눈으로 나를 올려 보며 조그마한 입을 열었다.

"이모의 마음은 말하는 대로 움직여?"

무슨 말인지 몰라 나는 눈을 동그랗게 뜨고 구르미를 바라보았다.

구르미가 퉁명하게 이어 말했다.

"내 마음이 어떻게 흘러가는지도 모르면서, 왜? 내 마음을 이모가 말하는 대로 움직이라고 하는 거야? 내 마음은 아직 달이를 담고 있는데, 이모는 왜? 맘대로…, 맘대로 내 마음에서 달이를 내쫓는 거야! 이모는 잔인해!"

구르미의 눈에서 눈물이 터져 나왔다.

눈물은 눈가를 벗어나 뺨을 타고 흘러내렸다. 억눌렀던 슬픔이, 그리움이 눈물이 되어 쏟아져 나왔다. '잔인해!'라는 말이 나의 가슴에 송곳처럼 헤집고 들어왔다. 그러나 위선이라는 뱀이 나의 몸과 마음을 감싸고 있기에 나는 어른이라는 가면을 끄집어 꺼내 썼다.

"구르미야, 나는 어른으로서 너를 위로해 주려는 거야."

"아니야! 이모는 나쁜 사람이야! 이기적이야! 이모는 그저 자기 마음이 편하려고 내 마음을 움직이려는 것뿐이야!"

구르미는 고개를 세차게 저으며 소리쳤다. 눈물이 사방으로 흩어졌다.

"너는 어떻게 그런 말을 하니? 이모 마음도 모르면서!"

내 목소리가 커졌다. 가면은 점점 내가 되고 위선은 나를 점점 조여왔다.

"싫어! 이모가 싫어! 내 마음에서 달이를 빼앗으려는 이모가 싫어!"

구르미는 외쳤다.

"너는 어려서 모르겠지만! 사랑하지만, 사랑하는 사람을 놔주는 것도 사랑이야!"

나는 구르미의 두 손을 잡아 흔들며 소리쳤다. 구르미의 온몸이 흔들렸다.

"사랑······?"

구르미는 단어 한마디를 내뱉고 말하기를 멈췄다.

단어 하나에 나도 멈췄다.

시간도 멈췄다.

구르미가 나의 눈을 쳐다봤다. 구르미의 눈은 붉게 충혈되어 있었지만, 눈물은 멈춰 있었다. 대신 원망이 자리하고 있었다. 흔들리는 동그란 검은 눈동자가 말하고 있었다.

나는 구르미 눈을 또렷이 마주 볼 수 없었다. 가녀린 나의 본모습이 부끄러워 위선이라는 뱀을 뿌리치지 못하면서 어른이라는 가면을 쓰고 있는 내가 부끄러웠기 때문이었을 것이다.

잠시의 기다림에 구르미가 입을 열었다.

"이모가 사랑을 해 봤어? 이모는 자기 자신도 사랑하고 있지 않잖아!"

구르미의 외침에 온몸이 마비된 것만 같았다.

어떠한 대답도, 어떠한 반론도 찾을 수 없었다. 그저 멍한 얼굴로 구르미를 바라볼 수밖에 없었다. 알 수 있는 것은 구르미에 대한 반감이 가슴 속에 차곡차곡 차오르고 있다는 것이었다.

"이모는 바보야! 바보! 미운 바보! 자신을 사랑할 줄 모르는 바보! 남과 비교하고, 남을 평가하고, 남을 판단하고, 그 속에 이모는 없잖아!"

구르미는 올려 보며 외쳤다. 검은 눈동자가 바르르 떨렸다. 눈가에 눈물이 다시 차기 시작했다. 구르미의 가슴은 크게 오르내리고 있었다.

"그 속에 내가 없으니깐, 자신을 사랑할 수도 없고 남도 사랑할 수 없는 거야, 이모가 나에게 자주 말했지, '내가 진정 좋아하는 게 뭔지 모르겠어?', '내가 진정 원하는 게 뭔지 모르겠어?' 하고. 이모는 영원히 못 찾을 거야! 영원히! 영원히! 영원히 못 찾을 거야!"

구르미는 소리쳤다.

나도 모르게 구르미 손목을 잡은 두 손에 힘이 들어갔다. 두 손이 바르르 떨렸다.

구르미는 이어 말했다.

"왜 그런 줄 알아? 나를 찾으려면 먼저, 나를 바라보고 나를 사랑해야 하는데, 이모는 자기 자신을 바라보기가 무서워 자기 자신을 꼭꼭 숨겨 놓고 남들만 보려 하잖아! 늘 남들과 비교하고 평가하고, 판단하는 이모만 있잖아! 이모는 '진정으로 좋아하고 원하는 것'을 영영 못 찾을 거야! 내가 없으니깐! 남들과 비교하면서 작은 일에도 매번 남들에게 상처받고 숨죽여 울기만 할 거야! 그러고는 이런 곳으로 도망 와서 울기만 할 거야! 바보처럼!"

"그래! 나 바보야!"

나는 무심결에 구르미를 향해 손을 들었다. 나의 오른손은 구르미의 뺨을 향하고 있었다.

구르미는 눈을 질끈 감고 몸을 웅크렸다. 높이 든 오른손이 갈 길을 모르고 부르르 떨렸다. 구르미에게 내가 받은 상처만큼 돌려주고 싶다는 생각만 가득했다.

"너는 뭐 잘난 줄 알아. 말도 못 하는 꽃들에게

이름을 주고, 이름을 주면 나에게 특별한 존재라고?"

나는 텐트 옆 민들레로 성큼성큼 걸어갔다. 나의 발이 민들레로 향했다. 민들레 위로 발을 들어 올렸다.

"하지 마!"

구르미의 외침과 달리 나의 발은 민들레를 향해 내려갔다.

"너에게는 특별할지 모르지만, 나에게는 아니야! 나에게는 꽃! 그 이상도 그 이하도 아니야!"

나는 밟았다. 밟고, 밟고 또 밟았다.

"하지 마! 이모, 미안해! 내가 잘못했어! 잘못했어요. 이모! 으앙!"

구르미는 울면서 내 팔에 매달렸다.

나는 뿌리쳤다. 구르미는 뒤로 넘어졌다.

나는 멈추지 않고 계속 밟았다.

민들레 홀씨들이 뿌연 먼지처럼 날아올랐다.

"미안해 이모……, 으앙!"

구르미는 서서 소리 내 울기 시작했다. 두 손

으로 눈물을 훔치지만, 눈물은 쉴 새 없이 넘쳐흘렀다.
"엉엉, 잘못했어요. 이모!"
구르미는 계속 울었다.
나는 멈췄다.
가쁘게 숨을 몰아쉬었다.
한기가 오면서 몸이 바르르 떨렸다.
나는 메말랐다.
십 년 만의 가뭄과 뜨거운 햇살이 대지를 메마르게 한 것보다 더 메말랐다.
직면함이, 대면함이 나를 메마르게 했다.
나 자신을 직면하고 대면하자 공포와 분노가 올라왔다.
이 둘이 섞이며 뜨겁게 타올라 지독한 가뭄처럼 나를 메마르게 했다.
눈물조차 말랐다.
나는 구름봉 밑으로 걸어 내려가기 시작했다.
"이모, 잘못했어요, 엉엉엉!"
구르미의 울음소리가 들렸다.

외면했다.

들리지 않았다.

내가 무슨 짓을 했는지도 몰랐다.

그저 걷고 또 걸었다.

뜨거운 햇살이 모두를 말라 비틀고 있었지만, 나는 차가운 어둠을 헤매고 있었다.

어둠에 희석되어 사라지고 있었다.

그저 분노에 잡아 먹혀 사랑했던 소중한 기억을 밀쳐 내고 지워 버리고 있었다.

어두운 분노에서 헤매던 나를 끄집어내 깨운 것은 작은 물방울이었다.

작은 물방울 하나,

차가워 고개를 들어 하늘을 봤다.

"후드득!"

빗방울들이 내 얼굴을 때렸다.

비가 오기 시작했다.

갑자기, 비가 오기 시작했다.

팔을 벌려 비를 맞았다.

상쾌했다.

그저 분노에 잡아 먹혀 사랑했던 소중한 기억을
밀쳐내고 지워 버리고 있었다.

"구르미!"

갑자기 구르미 생각이 났다.

난 허겁지겁 텐트가 있는 구름봉을 오르기 시작했다. 빗물에 젖은 땅이 미끄러워 몇 번이나 넘어졌다. 허겁지겁 일어나 뛰었다. 잔가지들이 나의 발과 볼에 작은 생채기를 내었지만 나를 막지 못했다. 넘어지며 생긴 무릎의 상처에서 붉은 피가 흘렀지만 아프지 않았다.

그저 구르미가 보고 싶었다.

마음속에서 구르미가 지워져 가고 있었다.

기억 속에서 구르미가 지워져 가고 있었다.

점점 지워지고 있었다.

잡아야 했다.

가슴속에서 기억 속에서 구르미가 지워지고 있었다.

잡아야 했다.

구르미야 가지 마……, 제발……, 제발 가지 말아줘!

"구르미야!"

야영장에 도착하자마자 소리쳤다. 대답이 없었다. 아무도 없었다.

달이와 구르미, 나, 함께 모닥불을 피우며 불명했던 자리에도 아무도 없었다. 빗물에 젖은 부지깽이와 검은 재만이 있었다. 텐트도 홀로 비를 맞고 있었다.

함께 웃고 떠들었던 재잘거림, 함께 안아 주었던 살가움이 빗물에 씻겨 내려가고 있었다.

비는 목말라하던 대지에 흠뻑 물을 주고 있었다. 메말랐던 시내에도 물이 흐르기 시작했다. 나무들도 움츠렸던 잎을 활짝 펴 비를 맞았다. 가뭄에 숨죽여 삶을 구걸하고 있던 다람쥐와 노랑할미새, 노래를 잘 부르는 솔딱새, 돌 틈에서 이슬로 연명하던 청개구리도 뛰어나와 온몸에 비를 맞으며 비를 반기고 있었다. 모두 비를 맞았다.

비는 섬 모두를 살리고 있었다.

모두는 비를 반기고 있었다.

다만,

나는 갈 곳을 모른 채 빗속을 헤매고 있었다.

가슴속에서, 기억 속에서
구르미가 지워지고 있었다.

가슴속에서 사라져가는 구르미를 찾아 헤매고 있었다.

"구르미야!"

목 놓아 구르미를 몇 번이나 불렀지만 거센 빗방울 소리에 묻혀 흩어졌다. 눈물이 빗물과 섞여 뺨을 타고 흘렀다.

천년송!

구르미가 구름봉 정상의 천년송 그늘에서 나와 같이 앉아 바다를 보는 것을 무척 좋아했다는 것이 생각났다.

난 구름봉 정상으로 뛰기 시작했다.

'구르미는 그곳에 있을 거야.'

뛰는 동안 빌고 또 빌었다.

'제발, 있어 줘…….'

넘어졌다.

무릎과 정강이의 상처에서 붉은 피가 흘렀다.

하얀 양말은 붉게 변했다.

미끄러져 넘어져도 돌부리를 잡고 나무뿌리를 잡고 올랐다.

손톱이 부러지고 손가락 끝이 갈려 돌과 나무에 피가 묻었지만…….

 아프지 않았다.

 피는 빗물에 섞여 흘러 내려갔다.

 고개를 들어보니 천년송의 굵은 가지가 보였다.

 정상이 바로 앞이다.

 큰 소리로 불렀다.

 "구르미야!"

 구르미를 잡기 위해 불렀다.

 제발.

 "구르미야!"

 구르미가 웃으며

 "이모!"

 하고 달려올 것만 같았다.

 정상에 올랐지만…….

 구르미가…… 없었다.

 다만, 구르미가 아꼈던 파란색 물병만이 있었다. 내 물병이지만 예쁘다고, 걸을 때마다 병 속의 물의 '찰랑'거리는 소리가 좋다고 빼앗아 메고 다녔던 물병, 함께 바다를 보았던 벼랑 끝에 물병이 오롯이 혼자 비를 맞고 있었다. 뚜껑이 옆에 놓여 있었고 물병은 비어 있었다.

'구르미······.'

'전 구름이라 물에 닿으면 안 돼요.'

하며 웃었던 모습이 떠올랐다.

구르미는 비가 되었다. 모두에게 선물을 주고 비가 되어 떠났다.

참았던 눈물이 터져 나왔다.

빗물과 눈물이 함께 내 볼을 타고 흘러내렸다.

"구르미야!"

난 목 놓아 외쳤다.

"구르미야! 보고 싶어, 어디 있니?"

함께 바다를 보았던 벼랑 위에 서서 숨이 터지라 외쳤다.

비에 젖은 바다만 숨죽여 출렁이고 있었다.

"구르미야! 미안해! 미안해!"

울고 또 울었다.

"이제 알겠어, 사랑이 무언지 알겠어."

다리가 풀려 그 자리에 주저앉았다. 그리고 엎드려 흐느껴 울었다.

가슴에 두 손을 포개어 댔다.

"구르미야, 가슴이 말하고 있어……, 나를 사랑한다고, 구르미야, 이제 나를 사랑할 수 있을 것 같아, 고마워 사랑을 가르쳐 줘서 고마워……."

얼마나 울었을까. 눈물과 빗물이 뒤섞여 얼굴을 타고 흘러내렸다.

비는
내 몸을 적시고,
내 마음도 적시고,
섬 모두를 적시고 있었다.

구르미는 우리에게 선물을 주고 떠났다

이제 알겠어. 사랑이 무언지 알겠어.

13

십 년이 지났다.

나는 아직도 섬에서 구르미를 만났던 일을 한 번도 이야기하지 않았다. 나를 다시 만난 직장동료들은 내가 돌아왔을 때 작은 미소로 대해 주었다. 나는 슬펐지만, 일상으로 빠르게 돌아갔다.

이제는 작은 상처에 흔들리지 않는다.

구르미가 나에게 준 선물을 가슴에 담고 있으니깐. 되려 상처받을 때마다 작은 미소를 지을 수 있다. 상처는 흉터가 되지만 흉터는 더 단단해지기 때문이다.

계약직에 따른 차별, 사내 정치에 의한 모함들은 되레 나를 단단하게 했다. 성장 계기가 되고 동력이 되었다.

 계약직이라고 나를 차별하던 과장의 커피 심부름을 하며 다짐했다.

 '당신은 나의 스승님이십니다. 언젠가 성장한 나의 모습을 보여 드리겠습니다.'

 과장이 정년퇴직하는 날, 나는 꽃다발을 전달하고 안아 드리며, 귓속말로 말했다.

 "감사합니다. 당신 때문에 제가 성장할 수 있었습니다."

 예술을 하고 싶은 소녀가 생존을 위해 가면을 쓰고 나와 맞지 않는 일을 할 때의 그 괴로움을 당신은 알까? 내가 있을 곳이 아니라는 생각에 하루하루 눈물을 흘렸다. 무너지는 삶을 살고 있으면서 결코, 주저앉지 않기 위해 눈물을 흘리며 버텼다.

 지금은?

나는 이제 나답게 살아가고 있다.

구르미가 선물한 '나를 사랑하고 나를 볼 수 있는 힘'은 생존을 위한 회사의 시간 이후에 오롯이 나만의 시간을 즐길 힘을 만들어 주었다. 가면을 쓰는 삶도 나의 삶이 되었다.

퇴근 후에는 사무실 앞에 마련한 작은 작업실로 향한다. 열 평 남짓한 공간이지만, 나에게는 또 다른 세계다. 가면을 벗기 위해 위스키 한 잔을 벌컥 들이킨다. 취기와 열기가 확 달아오른다.

이제부터는 내가 원하는 내가 되어 구르미를 그리기 시작한다. 내 키보다 더 큰 캔버스에 힘차게 붓칠한다. 파란색 하늘이 생기고 하얀색 구르미가 얼굴을 드러낸다.

십 년 전 섬에서 나올 때 나는 오른쪽 발목에 민들레 홀씨 하나를 그려 넣었다.

홀씨처럼 날아가 다시 구르미를 만나고 싶어서.

홀씨처럼 자유로워지고 싶어서.

민들레 홀씨와 함께 캔버스 앞을 뛰어다니며 구르미를 그리자 어느덧 웃는 구르미, 찡그린 구르미, 졸린 구르미, "이모!" 하며 환하게 웃으며 달려와 나에게 안기는 구르미가 나타난다. 나는 오늘도 구르미를 만난다.

만약, 당신이 어두운 공간에 혼자 서 있는 기분이 들고 이유 없이 눈물이 난다면, 잠시 눈을 감고 기다려 보라, 긴 숨을 들이쉬고 내쉬고 있으면 어느덧 구르미가 작은 홀씨를 타고 와 당신의 어깨, 손등에 앉을 것이다. 어떻게 알 수 있냐고? 가슴이 따듯해짐으로 느낄 수 있다. 자신감은 덤이고.

그러면 당신은 웃으며 반가이 맞아 주면 된다.
이렇게
"안녕, 구르미야."

나를 사랑하는 마음은 나를 곧게 세워 주었다.

나를 사랑하는 마음은 나를 곧게 세워 주었다.

안녕, 구르미

1판 1쇄 인쇄 2025년 09월 20일
1판 1쇄 발행 2025년 09월 25일

지은이 남궁용훈
그린이 노은주
펴낸이 인창수

펴낸곳 태인문화사
신고번호 제2021-000142호(1994년 4월 12일)
주소 경기도 파주시 탄현면 참매미길 234-14, 1403호
전화 031) 943-5736
팩스 031) 944-5736
이메일 taeinbooks@naver.com

ISBN 979-11-93709-08-5 (03810)

* 이 책은 저작권법에 따라 보호받는 저작물이므로 무단 전재와 복제를 금합니다.
* 이 책의 전부 또는 일부를 이용하려면 반드시 태인문화사의 동의를 얻어야 합니다.
* 잘못 만들어진 책은 구입하신 서점에서 교환해 드립니다.

* 이 책은 인세의 일부를 체육의 기회를 받지 못하는 희망이들에게 기부합니다.

책값은 뒤표지에 있습니다.